Glossen bis 1914

Karl Kraus

Impressum

Autor: Karl Kraus
Umschlagkonzept: toepferschumann, Berlin

Verlag: tredition GmbH, Hamburg
ISBN: 978-3-8424-9140-3
Printed in Germany

Tucholsky Wagner Zola Scott Sydow Freud Schlegel
Turgenev Wallace Fonatne

Twain Walther von der Vogelweide Fouqué Friedrich II. von Preußen
Weber Freiligrath Frey

Fechner Fichte Weiße Rose von Fallersleben Kant Ernst Richthofen Frommel

Engels Fielding Hölderlin
Fehrs Faber Flaubert Eichendorff Tacitus Dumas

Eliasberg Ebner Eschenbach
Feuerbach Maximilian I. von Habsburg Fock Zweig
Ewald Eliot Vergil

Goethe Elisabeth von Österreich London
Mendelssohn Balzac Shakespeare
Lichtenberg Rathenau Dostojewski Ganghofer
Trackl Stevenson Doyle Gjellerup
Mommsen Tolstoi Hambruch
Thoma Lenz Hanrieder Droste-Hülshoff

Dach Verne von Arnim Hägele Hauff Humboldt
Reuter Rousseau Hagen Hauptmann Gautier
Karrillon Garschin
Damaschke Defoe Hebbel Baudelaire
Descartes Hegel Kussmaul Herder

Wolfram von Eschenbach Dickens Schopenhauer
Bronner Darwin Melville Grimm Jerome Rilke George
Bebel
Campe Horváth Aristoteles Proust

Bismarck Vigny Barlach Voltaire Federer Herodot
Gengenbach Heine

Storm Casanova Tersteegen Gilm Grillparzer Georgy
Chamberlain Lessing Langbein Gryphius
Brentano Lafontaine
Strachwitz Claudius Schiller Kralik Iffland Sokrates
Katharina II. von Rußland Bellamy Schilling
Gerstäcker Raabe Gibbon Tschechow

Löns Hesse Hoffmann Gogol Wilde Vulpius
Luther Heym Hofmannsthal Klee Hölty Morgenstern Gleim
Roth Heyse Klopstock Kleist Goedicke
Luxemburg Puschkin Homer Mörike Musil
Machiavelli La Roche Horaz
Navarra Aurel Musset Kierkegaard Kraft Kraus
Nestroy Marie de France Lamprecht Kind Kirchhoff Hugo Moltke

Nietzsche Nansen Laotse Ipsen Liebknecht
Marx Ringelnatz
von Ossietzky Lassalle Gorki Klett Leibniz
May vom Stein Lawrence Irving
Petalozzi Platon Knigge
Sachs Pückler Michelangelo Kock Kafka
Poe Liebermann Korolenko
de Sade Praetorius Mistral Zetkin

Der Verlag tredition aus Hamburg veröffentlicht in der Reihe **TREDITION CLASSICS** Werke aus mehr als zwei Jahrtausenden. Diese waren zu einem Großteil vergriffen oder nur noch antiquarisch erhältlich.

Symbolfigur für **TREDITION CLASSICS** ist Johannes Gutenberg (1400 — 1468), der Erfinder des Buchdrucks mit Metalllettern und der Druckerpresse.

Mit der Buchreihe **TREDITION CLASSICS** verfolgt tredition das Ziel, tausende Klassiker der Weltliteratur verschiedener Sprachen wieder als gedruckte Bücher aufzulegen – und das weltweit!

Die Buchreihe dient zur Bewahrung der Literatur und Förderung der Kultur. Sie trägt so dazu bei, dass viele tausend Werke nicht in Vergessenheit geraten.

Text der Originalausgabe

Es erben sich Gesetz und Rechte ...«

Bezirksgericht. Der Richter redet einer des Diebstahls angeklagten Frau ins Gewissen: Hab'n S' was g'stohl'n? – Angeklagte: I hab' nix g'stohl'n. – Richter: Wie kommen denn dann die fremden Sachen in Ihren Koffer? – Die Angeklagte erwidert, sie besitze einen Teil dieser Sachen schon seit zwei Jahren. Sie habe sie angeschafft, als sie mit einem Kinde niederkam. – Richter: Sie sind ja gar net verheiratet, wie kann ma denn da a Kind kriegen! – Angeklagte (kurz): Ledige Leute kriegen aa Kinder. – Richter: Ja, leider! Schamen S' Ihna! ...

»Dem Richter wird der Vagant F. H. wegen verbotener Rückkehr vorgeführt. – Richter: Sie wissen, daß Sie abgeschafft sind? – Angeklagter: O, ja! – Richter: Warum kamen Sie zurück? – Angeklagter: Daß i wieder eing'spirrt wer'; jetzt im Winter gibt's ka Arbeit nöt! – Das Urteil lautet auf einen Monat strengen Arrests. – Angeklagter (enttäuscht): An' Monat? – Richter. Sie können berufen! – Angeklagter. Dös is mir ja z' wenig! I will drei Monat', daß i im Sommer außi kumm, wann's wieder a Arbeit gibt! – Da es kein Rechtsmittel eines Verurteilten gegen zu geringe Strafe gibt, wird H. zur Strafverbüßung abgeführt.« – Können wir's in dieser besten aller Welten weiter bringen? Der strafende Staat, der Momo der Erwachsenen, hat seine Schrecken eingebüßt – auf freiem Fuß sein bedeutet Schmach und Jammer. Es gibt eine Verurteilung zur Freiheit. Aber F. H. braucht nicht einmal etwas Neues anzustellen, um die Unfreiheit zu genießen, so oft er will. Er muß bloß nach seiner jedesmaligen Enthaftung und Abschiebung in die »Heimatsgemeinde« nach Wien zurückkehren. Fand er dort nicht Arbeit, so findet er hier Verpflegung. Ein Staat, der mehr Arreste als Arbeitsstätten hat und der den armen Teufel vor dem Verhungern bewahrt, weil er Gesetze hat, die der arme Teufel übertreten kann, ist ein Musterstaat. Wenn der Revertent es zu einer lebenslänglichen Verköstigung im Prytaneum bringen könnte, wäre die Straferei endgültig ad absurdum geführt. Unsinn wird Vernunft, Plage Wohltat.

Ein Salzburger Bauer sollte eingesperrt werden, weil ihm der Ausruf entfahren war:»Ach was, i fürcht mi vor kein Teufel. Den Teufel hab i Zhaus, mei Weib!« Nicht wegen Beleidigung des Weibes, sondern wegen Beleidigung des Teufels, wegen Herabwürdigung einer »Einrichtung der katholischen Kirche« – eine solche ist nämlich der Teufel – sollte der Salzburger Bauer verurteilt werden. Es gehört nämlich zu den unverlierbaren Rechten des österreichischen Staatsbürgers, zu jeder Stunde und bei jedem Anlaß »eingespirrt« zu werden. Jener wurde auffallenderweise freigesprochen. Wie schwer es trotzdem in Österreich ist, keine Religionsstörung zu begehen, zeigt der folgende Vorfall: In Olmütz warf ein Friseur bei der Beerdigung seines Freundes eine Erdscholle auf den in die Tiefe gesenkten Sarg mit den in tschechischer Sprache ausgerufenen Worten:»Lebe wohl, Ferdinand, auf der ganzen Linie!« Er wurde wegen Religionsstörung angezeigt und – wiewohl er angab, daß er dem toten Freunde nur dessen Lieblingswort »auf der ganzen Linie« nachgerufen habe, ohne die entfernteste Absicht, jemand zu beleidigen oder ein Ärgernis zu erregen – zu drei Tagen strengen Arrests verurteilt. Also ein Sieg der Betschwestern auf der ganzen Linie! Ob das neue Strafgesetz solche Siege unmöglich machen wird? Ob es verhüten wird, daß der ahnungslose, blinde oder andersgläubige Passant, der eine Prozession nicht grüßt,»eingespirrt« werde? Während der religionsstörende Kooperator, der auf dem Gang zu einem Sterbenden innehält und Spaziergängern den Hut vom Kopf schlägt, straflos bleibt? Wer kann's wissen! Rechtsgut wird wohl auch künftig nicht die Religion, sondern die Empfindlichkeit einer Betschwester sein.«Marandjosef!« lautet ein- für allemal die Klage, die der österreichische Staatsanwalt erhebt. Und was die Kirchhofwanze sinnt, wird der österreichische Richter immerdar in Tat umsetzen.

»Gestern hatte sich beim Bezirksgericht Josefstadt ein Bediensteter der städtischen Straßenbahnen, Josef Ch., wegen Betruges an dem Unternehmen in der Höhe von sechs Hellern zu verantworten. Die Direktion hatte gegen ihn die Anzeige erstattet, daß er laut Meldung eines Revisors dabei betreten wurde, als er unbefugt eine Permanenzkarte, nämlich eine Freikarte für Straßenbahnbedienstete, zu einer Fahrt benutzte. Er dient bei den Straßenbahnen tadellos seit neun Jahren. Der Angeklagte brachte dem Richter Sekretär Dr.

Schachner vor, daß er infolge von Krankheit und Unglücksfällen seine Schulden nicht zahlen konnte, unbarmherzig gepfändet wurde und an dem kritischen Tag den Advokaten des Gläubigers aufsuchen mußte, um die Transferierung seiner Habe zu verhüten. Um rechtzeitig wieder im Dienst zu sein, habe er die Permanenzkarte eines Mitbediensteten benutzt. Der Richter fragte den als Zeugen erschienenen Revisor, ob eine eventuelle Verurteilung des Angeklagten seine Entlassung zur Folge habe. Zeuge erwiderte, das entziehe sich seiner Beurteilung. – Der Richter erkannte hierauf Ch. des Betruges schuldig und verurteilte ihn mit Rücksicht auf das Motiv und sein tadelloses Vorleben zu zwölf Stunden Hausarrest.« Wenn die Justiz eine Schutzvorrichtung ist, dann verdient auch diese Unglücksnachricht die schonungsvolle Aufschrift »Unter die Schutzvorrichtung geraten«. Ich stelle mir die Entdeckung des Betrugs, den jener Bedienstete begangen hat, durch die wachsame Straßenbahndirektion so vor: Ein Motorwagen tötete sechs Menschen: zwei Männer, eine Greisin und drei Kinder. Ein Revisor wurde auf den Zwischenfall aufmerksam und entdeckte bei dieser Gelegenheit, daß ein Bediensteter als Passagier mit einer nicht ihm gehörigen Permanenzkarte mitfahre. Dies verursachte einen längeren Aufenthalt, eine eingehende Untersuchung und die Strafanzeige durch die Straßenbahndirektion ...

Ein todeswürdiges Verbrechen

»In einem von amtswegen eingeleiteten Eheungültigkeitsverfahren hatte sich das Zivillandesgericht unter Vorsitz des Oberlandesgerichtsrates Klissenbauer mit dem Fall der Eheleute H. zu beschäftigen, deren tragisches Schicksal die Öffentlichkeit schon mehrmals beschäftigte. Der Eisenbahnbeamte Emanuel H. hatte im Jahre 1877 in Langenwang mit Klaudine J. nach römisch-katholischem Ritus eine Ehe geschlossen, die angeblich im Jahre 1881 geschieden wurde. H. begab sich bald darauf in die Türkei, wo er eine Beamtenstelle bei den türkischen Staatsbahnen erhielt und heiratete am 16. Januar 1883 in Adrianopel gleichfalls nach römisch-katholischem Ritus die 27jährige Amalie Sch., die ihn während einer schweren Krankheit gepflegt und dadurch Anspruch auf seine Dankbarkeit erworben hatte. Im vorigen

Jahr ging H. in Pension und kehrte mit Frau und Kindern nach Wien zurück, hauptsächlich um seine älteste, geistesschwache Tochter hier in einer Anstalt unterzubringen. Bei irgend einer Amtshandlung des Magistrates wurde die zweifache Ehe aufgedeckt, der Magistrat trat den Akt der Staatsanwaltschaft ab, die gegen die Eheleute H. die Anklage wegen Verbrechens der Bigamie erhob. Vom Wiener Straflandesgericht wurde die Frau von der Anklage freigesprochen, der Mann zu zwei Monaten Kerkers verurteilt, Infolge der Aufregungen der Strafverhandlung und des nunmehr eingeleiteten Eheungültigkeitsverfahrens verfiel die Frau in Wahnsinn. Sie überfiel in einem Tobsuchtsanfall ihre geistesschwache Tochter mit einer Hacke, und als ihr Mann ihr die Hacke entriß, ergriff sie ein Küchenmesser und brachte sich mehrere tiefe Halswunden bei. Gegenwärtig befindet sich die Frau im Irrenhaus. In der gestrigen Verhandlung bestritten der Vertreter der Ehefrau und der Ehebandsverteidiger die Anwendbarkeit des österreichischen Rechtes. Der Gerichtshof sprach trotzdem die Ungültigkeit der Ehe aus. H. sei am 16. Januar 1883, dem Tage der Eheschließung, österreichischer Staatsbürger gewesen, weil nach einer Zuschrift des Magistrats er noch bis heute heimatsberechtigt erscheine. Wenn er auch ausgewandert sei, sei seine Staatsangehörigkeit nicht erloschen, da er weder den Austritt aus der österreichischen Staatsangehörigkeit angemeldet, noch sonstwie eine Staatsbürgerschaft erworben habe u. s. w.«

Ja, die österreichische Staatsangehörigkeit ist ein Verbrechen, und alle diese scheußlichen Verurteilungen erfolgen nicht wegen Bigamie, sondern wegen österreichischer Staatsangehörigkeit. Wenn Menschenopfer unerhört gebracht werden, so ist unsere Justiz nicht daran schuld. Gewiß, sie ist das zur Institution erhobene Vergehen gegen Gesundheit, Freiheit, Ehre oder Eigentum der österreichischen Staatsbürger. Aber hätte Emanuel H. seinerzeit auf einer Korrespondenzkarte an den Magistrat seinen Austritt aus dem Notverband dieses Staates, der unsere Wunden nicht heilt, angezeigt, so hätte seine arme Frau ihre Tochter nicht mit der Hacke überfallen müssen. Wer ist denn gezwungen, ein Österreicher zu sein? Vor Europa sich mit einer Farbenzusammenstellung zu blamieren, die man längst nicht mehr trägt? Mit der maschinellen Gleichmütigkeit des Zusammenbruchs in einer Clown-Farce, in der oft das leiseste Wort eine Zimmerdemolierung oder einen Massenmord bewirkt, spielen sich diese Ehetragödien ab. Staatsbürgerschaft, Liebe, Landesgericht, Hacke, Irrenhaus ... Und bloß zwei Monate Kerker? Nein, die österreichische Staatsangehörigkeit ist ein todeswürdiges Verbrechen!

In einem Artikel »Humanität und Prostitution« hat ein christlich-soziales Blatt das letzte Wort, das zu dieser Frage überhaupt zu sagen ist, ausgesprochen. Zunächst setzt der leider anonyme Verfasser auseinander, daß man den Prostituierten »die Bonifikationen des Staatsschutzes, die jeder anständige Bürger beanspruchen darf, nicht angedeihen lassen kann, ohne das ehrliche Gewerbe herabzusetzen«, »Mit demselben Recht«, ruft er, »dürfte ja jeder Räuber und Mörder auf seinen Beruf pochen und denselben anerkannt und vom Staate geschützt wissen wollen«. Hier könnte man freilich einwenden, daß der Vergleich insofern nicht stimmt, als ja die Tätigkeit der Räuber und Mörder ihren Klienten nicht ganz dasselbe Vergnügen bereitet wie die Tätigkeit der Prostituierten den Klienten der Bordelle, und daß sich zum Beispiel Staatsbeamte, Offiziere und sogar christlich-soziale Redakteure nicht scharenweise allabendlich in den Räuberhöhlen und Mördergruben zu versammeln pflegen. Doch das macht nichts; der Verfasser will ja nur sagen: »Wie jener (der Mörder) sich am Gute des Nächsten vergreift und den Leib mordet, so wirkt die Dirne nur zu oft auch ehestörend und der Verkehr mit ihr mordet die Gesundheit des Vaters und ungeborner Geschlechter«, und für dieses Argument wird wohl jeder Leser, den die christlich-soziale Presse in Mauer-Öhling hat, Verständnis zeigen. Nicht minder für die praktischen Vorschläge, die der Verfasser macht. Er ist radikal. Der Dirne müßte »der Weg zum Laster auf jede mögliche Art erschwert, ja verleidet werden«. Wie aber macht man das? Nichts einfacher. »Wenn die öffentlichen Häuser als Naturnotwendigkeit erkannt werden, so hat man sie nicht als Vergnügungsetablissements, in welchen man an der Seite von mehr oder minder kostümierten Damen bei reichlichen Champagnerlibationen der Göttin der freien Liebe huldigt, sondern als Bedürfnisanstalten zu behandeln, die ohne jeden Sinnenkitzel nur ihrem Zweck dienen ... Ob aber die Metze, die sich ihres bürgerlichen Rechtes begab, als sie sich jenseits von Moral und Gesetz stellte, ihren Lohn allein behalten oder mit der Bordellmutter zu teilen hat, ist Nebensache. Zu viel Humanität wird dieser Kaste nur neue Anhängerinnen zuführen, während drakonische, alle Vergnügungen und Eitelkeit ausschließende Maßregeln eher abschreckend wirken dürften.« In der zügellosen Putzsucht sei der Urgrund der Prostitution zu finden.»Die seidenen Hemden und Strümpfe scheinen ebenso mancher viel verlangenswerter als die grobleinene Arbeitsschürze.« Das ist nur zu wahr. Aber ungeachtet der Erfahrung, daß die seidenen Hemden und Strümpfe auch so manchem Besucher der Metze verlangenswerter scheinen als die grobleinene Arbeitsschürze, muß in den Bordellen auf größere Einfachheit gesehen werden. Wenn die Prostitution eine Folge der Putzsucht ist, so ergibt sich von selbst die Forderung, daß man dem Bordellwesen die Formen klösterlicher Lebensweise aufpräge. Nur kein Sinnenkitzel! Einfache, schmucklose Büßerhemdchen werden die Mädchen ganz gut kleiden, während die aufgedonnerten Toiletten einerseits die sittliche Entrüstung der Besucher erregen, anderseits mit Erfolg auf deren verwerflichste Instinkte abzielen. Wie sehr korrumpierend solche Brutstätten des Lasters wirken, hat die Depravierung aller jener Organe dargetan, die, zur Kontrolle berufen, ihrer Pflicht in der schwülen Atmosphäre des Freudenhauses ebenso vergessen hatten wie die Inwohnerinnen Tugend und Ehre. Solche auf gemeinem Gewinn beruhende Institute sind Pestbeulen und müssen anderen, zielvoll und anständiger geleiteten Platz machen, wenn sie nicht überhaupt ganz aus der Welt zu schaffen sind. Es wird sich dann zeigen, ob die Prostitution ein wirklich notwendiges Übel ist, wenn sie alles Flitters, Tandes und Sinnenkitzels entbehren muß.« So war's – wörtlich – am 13. Jänner der Zeitrechnung nach dem Prozeß Riehl zu lesen. Wie mag der Artikel aus der Anstalt in Mauer-Öhling geschmuggelt worden sein? Es heißt, eine Disziplinaruntersuchung sei eingeleitet worden, habe aber bisher zu keinem Resultat geführt. Die Anstaltsleitung stellt sich mit Recht auf den Standpunkt: Hoffnungslose Fälle nehmen wir auf; aber nicht in einem Stadium, in dem schon die Mitarbeit an einem christlich-sozialen Blatt stündlich eintreten kann.

In einer Gerichtsverhandlung, in der es sich um die Beschwerde eines»Exzedenten« über einen der neuestens so beliebten polizeilichen Übergriffe handelte, wurde nebenher die folgende Äußerung, die der amtierende Polizeikommissär getan haben soll, erwähnt: »Nur Eisen anlegen, wenn er keck ist! Ich bin Herr im Bezirke und herrsche über 200 000 Menschen«. Der Zar von Ottakring heißt Johann Kubachka. Johann Kubachka der Erste. Es ist sehr erfreulich, daß in den meisten anderen Bezirken Wiens schon die Konstitution eingeführt ist. Ich bin Untertan des Kommissariats Wieden, dessen Bevölkerung ihrem Herrscher eine Reihe freiheitlicher Errungenschaften dankt. Als ich zum Beispiel einst wiederholten Vorladungen wegen des Meldzettels keine Folge leistete, wurde mir, dessen hochverräterische Gesinnung klar zutage lag, stillschweigend Amnestie gewährt. Auf dem Alsergrund freilich konnte man eine zeitlang glauben, daß die Polizei an der Erhaltung der Leibeigenschaft interessiert sei. Bis endlich das befreiende Wort: »Madeln verführts mir den dicken Kommissär!« fiel und uns darüber aufklärte, daß die Behörde zu den bekannten »Opfern der Regine Riehl« gehört.

Ein juristisches Blatt hat zugeben müssen, daß die Geschichte der Wiener Sittenpolizei in zwei Epochen zerfalle: die erste beginne mit der Gründung der Ostmark durch Karl den Großen, die zweite mit dem Prozeß Riehl. Aus der zweiten hebt es ein Ereignis hervor, das ein künftiger Gindely mindestens im Kleingedruckten verzeichnen wird: Wie ein Mann, der auf das Polizei-Kommissariat des vierten Bezirkes eskortiert wurde, weil er im Verdachte des außerehelichen Beischlafs mit einer Frau stand, der man nichts geringeres als clandestine Prostitution nachweisen wollte, sich die miserable Beleuchtung des Amtszimmers zunutze machte, um zu entwischen ... Nicht minder glücklich ward im siebenten Bezirk die Verhaftung der Kupplerin H. durchgeführt. Der peinliche Eindruck, den man von diesem krassen Akt polizeilicher Undankbarkeit empfing, wurde einigermaßen durch das Entgegenkommen jenes Amtsorgans gemildert, das, wie in kriminalistischen Kreisen behauptet wird, seit vier Wochen vor dem Kaffeehaus wartet, in dessen Klosett sich die Verhaftete auf dem Weg zum Polizeiamt zurückgezogen hat ... Fallen seh' ich Zweig' auf Zweige. Und dennoch darf man das Gerücht nicht glauben, daß die Behörde gegen die Kupplerinnen bloß deshalb so streng vorgehe, weil sie »der Sachs« die Konkurrenz vom Hals schaffen wolle... Ein rührender Zug: Die Polizei hatte also aus dem Prozeß Riehl erfahren, daß in einem tolerierten Hause Ausbeutung, Freiheitsberaubung, hygienische Verwahrlosung geherrscht habe. Aber sie fand in den anderen Häusern, die schleunigst untersucht wurden, nichts, was zu beanstanden gewesen wäre. Nur in einem einzigen wurde des Übels Wurzel entdeckt und beseitigt: das Klavier! Ein christlich-soziales Blatt hatte verlangt, daß die Prostitution des Sinnenkitzels entkleidet werde, und so verfügte die Polizei, daß wenigstens das Klavier aus dem Salon in die Rumpelkammer überführt und mit einem Tuch verhüllt werde. In stumpfer Ergebung sitzen die Mädchen und warten, bis wieder musikalischere Zeiten in Wien anbrechen. Der Kampf der Polizei gegen die Unsittlichkeit endet mit einem Sieg: Ein Bordellklavierspieler ist brotlos.

Die Geschichte einer Verhaftung

Die Polizei-Anstalten in einer gewissen Stadt lassen sich füglich mit den Klappermühlen auf den Kirschbäumen vergleichen: sie stehen still, wenn das Klappern am nötigsten wäre, und machen einen fürchterlichen Lärm, wenn wegen des heftigen Windes gar kein Sperling kommt.

Georg Christ. Lichtenberg

Es hat sich oft gezeigt, daß die Wiener Sicherheitsbehörde eifrig bemüht ist, den zu einer Verhaftung erforderlichen Tatbestand zu finden, und daß sie dafür in jenen zahlreichen Fällen, in denen ein Tatbestand schon vorliegt, auf die noch erforderliche Verhaftung verzichtet. Manchmal aber kommt es sogar vor, daß sie bei einem glücklichen Zusammentreffen von Tatbestand und Verhaftung diese freiwillig wieder ungeschehen macht und sich's an jenem genügen läßt. Die Fälle Liebel und Stift liegen weit zurück. Aber wegen eleganter Kleidung wurden in der Nach-Riehlschen Epoche zwei Mädchen verhaftet und, weil sich das zur Eleganz gehörige Betrugsfaktum nicht entdecken ließ, durch Wochen aus einem Polizeiarrest in den andern geschleppt. Dafür kassierte ein gaunerischer Zeitungsausträger in den Verschleißstellen den Erlös einer Nummer der ›Fackel‹ ein, die wegen Ehrfurchtsverletzung des Staatsanwalts vor der Majestät der Satire konfisziert worden war, und schädigte die Firma, die den Einzelverkauf der Zeitschrift vermittelt, auf das schwerste. Er wurde zwei Tage nach der Anzeige verhaftet. Aber zwei Tage nach der Verhaftung enthaftete ihn die Polizei, offenbar weil er noch den Rest des Erlöses jener ›Fackel‹-Nummer einzukassieren hatte. Wieder ging er von Verschleiß zu Verschleiß und dankte Gott, daß es eine Polizei gibt. Auf die bestürzte Anfrage der geschädigten Firma über den Grund der Enthaftung, die sie zunächst sogar um die Aussicht auf eine genaue Feststellung des Schadens brachte, wußte man in der Polizeidirektion keine Antwort zu geben. Vielleicht war man dort im guten Glauben, die ›Fackel‹ selbst sei geschädigt worden, und wollte dem verdienstvollen Manne entgegenkommen, der die administrative Verwirrung, die der Staatsanwalt schafft und die die k. k. Schlamperei bei Ausstellung der Konfiskationsbestätigungen vermehrt, durch die Unterschlagung dieser höchst unsicheren Zertifikate ins Unermeßliche gesteigert hat. Aber ich will gern glauben, daß das Motiv für die Enthaftung des Gauners und für die behördliche Vorschubleistung zu weiteren Gaunereien nicht Böswilligkeit, sondern bloß jene Eigenschaft war, gegen die Götter vergebens kämpfen und die als ein Geburtsfehler der österreichischen Bureaukratie weitestgehende Berücksichtigung verdient. Trotzdem konnte ich mich zunächst eines gewissen bittern Gefühls nicht erwehren bei dem Gedanken, daß ein Wiener Verbrecher, selbst wenn er einmal erwischt worden ist, seinem Erwerb nachgehen darf, während das Klavier, das nach dem Prozeß Riehl in einem Wiener Bordell verhaftet wurde, in sicherem Gewahrsam ist. Es kann auch nicht davonlaufen. Wie anders der Gauner, den die Polizei verhaftet, enthaftet und nun – wer beschreibt mein Erstaunen – glücklich wieder verhaftet hat! Denn die Polizei entschloß sich, einen neuen Haftbefehl zu erlassen und sie schickte sich an, den Gauner zu suchen, den sie schon einmal vergebens gefunden hatte. Ihr gelang es tatsächlich, ihn zu erwischen, und alles wäre in Ordnung gewesen, wenn es nicht fast gleichzeitig ihm gelungen wäre, ihr zu entwischen. Er entsprang bei der Eskortierung. Kann man der Polizei daraus einen Vorwurf machen? Kupplerinnen, die durch ein Kaffeehausklosett nach Ungarn fliehen und den »Vertrauten« wochenlang auf der Straße warten lassen, machen der Behörde das Leben schwer genug. Und wenn ein Gauner, den man zum zweitenmal hat, an irgendeiner Straßenbiegung sich's überlegt und doch lieber nicht mitgeht, so kann eben die Polizei auch nichts tun. Sie wird sich gewiß freuen, zu hören, daß es dem Mann gut geht, daß er einen Posten bekommen und sich neulich über den Chef des Sicherheitsbureaus ungemein lobend geäußert hat. Somit wäre alles zu gutem Ende gediehen. Und wiewohl der geschädigten Zeitungsfirma selbst die Unterscheidung zwischen verkauftem, konfisziertem und gestohlenem Wert unmöglich gemacht ist, so hat sie doch immer in Erfahrung bringen können, daß ein »dicker Kommissar« es war, der die Enthaftung angeordnet hat. Nur die Identität mit jenem trefflichen Mann, auf den sich das geflügelte Wort der Frau Riehl bezieht, war bisher nicht festzustellen.

Außer den Polizeihunden »Edith« und »Ruß« durfte ein Vertreter der Presse an einer Razzia durch den Berliner Tiergarten teilnehmen. Aber »die Liebespärchen sind ausgewandert«, klagt er, denn »mit den Polizeihunden gibt's kein Versteckenspiel«. »Wenn sie« – nämlich die Polizeihunde – »losgelassen werden, dann spüren sie ihren Mann auch im dichtesten Gestrüpp auf und apportieren ihn«. Die Hunde wurden also losgelassen und stürmten ins Gebüsch, »alles durchsuchend«. »Nichts zu finden«, konstatiert der Vertreter der Presse, der sich »mit dem geladenen Revolver in der Paletottasche eingefunden« hatte. »So ging es fast eine Stunde lang, kreuz und quer durch die stillen Alleen. Endlich stöberten sie doch ein Pärchen auf.« Und nun apportiert der Journalist die folgende Gemeinheit: »Der Polizeileutnant trat auf die beiden zu. Voll Ironie fragte er: ›Wie, um halb 2 Uhr morgens noch hier? Und gerade an dieser dunkelsten Stelle, wo weit und breit keine Laterne ist? (Dann zur Dame:) Wie heißen Sie?‹ Aber vor Schreck starr stand die Arme da und vermochte nicht zu antworten. Man merkte es ihr an: Sie war, wie man sagt, ein besseres Mädchen und hätte am liebsten in die Erde sinken mögen vor Scham ... Das war eigentlich die größte Ausbeute des Abends. Was dann noch bis zum grauenden Morgen gefunden wurde, war kaum der Rede wert.«

Ach, unsere Justiz ist noch immer nicht entjungfert. Sie läßt sich und läßt sich nun einmal nicht ihre Ahnungslosigkeit rauben. Sie wird alt und älter, und die Frage wird immer dringender: Wie sage ich's ihr? Wie bringe ich ihr das Geheimnis jener Zeugung bei, die im allerchristlichsten Zeitalter ausnahmslos zur Schande oder zum Schaden gereicht und deren sich zu entschlagen trotzdem ein eigener Paragraph verbietet! »Frühlings Erwachen« spielt sich auf dem Heuboden, aber nicht in der Ratskammer ab. Dennoch wird mir nichts übrig bleiben, als den Talaren unserer Richter »gelegentlich eine Handbreit Volant unten anzusetzen«.

Im Blätterwald

Im Blätterwald so für mich hinzugehen und nichts als Stilblüten zu suchen, ist längst nicht mein Pläsier. Ich möchte sagen, es ist eine Aufgabe, wie wenn man Wasser in ein – nun, wie sagte die ›Neue Freie Presse‹ kürzlich?»Wie wenn man Wasser in ein hohles Faß schöpfen wollte«.

Wir glauben noch immer, das Unmögliche sei nicht möglich. Aber neulich lasen wir in einem Blatte, das allerdings erst erscheint, wenns schon finster wird, ein Referat über einen Vortrag, das die folgende Stelle enthielt:

»... Und nun entwickelte der Vortragende eine Historie des Tanzes; man vernahm erstaunt, daß diese fröhliche graziöse Kunst ebenso eine Geschichte habe, wie eine andere Kunst und daß sie ebenfalls Gegenstand ernsten Studiums sein könne. Der erste Tanz, der sogenannte Promenadentanz, entstand zu Florenz im 15. Jahrhundert; es tanzte ein Paar durch den Saal, während die übrige Gesellschaft bewundernd zusah.«

Und wann wurde das Schreiben erfunden? Man wird erstaunt vernehmen, daß auch diese fröhliche graziöse Kunst ihre Geschichte habe, aber bedauern, daß sie nicht ebenfalls Gegenstand ernsten Studiums sei. Denn der erste Artikel, das sogenannte Feuilleton, entstand zu Wien im 19. Jahrhundert; ein Schmock schrieb, während das Publikum bewundernd zusah.

Einige Kabaret-Pensionisten haben in Graz gastiert. Sie nennen sich »Elf Scharfrichter«. Und da begab es sich:

»... Das Galeriepublikum scheint den Charakter dieser Künstlervereinigungen mißverstanden zu haben und erwartete insbesondere das Erscheinen wirklicher Scharfrichter auf der Bühne. Da es sich enttäuscht sah, begann es seinem Unwillen Ausdruck zu geben, zunächst durch Murren. Als aber Hugo Wolf-Lieder vorgetragen wurden, begann die Galerie laut ›Pfui!‹ zu rufen ...«

15

Nun möchte ich ja gerne der Auffassung beipflichten, daß das Publikum empört war, weil Hugo Wolf-Lieder von Kabaretiers gesungen wurden, anstatt von Sängern. Aber sympathischer ist mir doch die andere Auffassung, daß nämlich das Publikum empört war, weil die Kabaretiers Hugo Wolf-Lieder sangen, anstatt eine Hinrichtung vorzunehmen. Man kann nicht genug Züge aus dem Leben des Publikums zusammentragen. Einst prügelte es den Schauspieler, der den Franz Moor spielte, jetzt prügelt es ihn, wenn er unter diesem Pseudonym Lieder singt. Als ich einmal mit meiner kleinen Nichte einer Vorstellung des Lustspiels »Goldfische« beiwohnte, hörte sie drei Akte lang mit gespannter Aufmerksamkeit zu, bis ihr endlich die Geduld riß und sie aus voller Kehle rief.»Wo sind die Goldfische?« Auf diesem Standpunkt steht heute das erwachsene Theaterpublikum. Seine Äußerungen gehören in die Rubrik »Aus Kindermund«. Immer ist es in teilnahmsvoller Spannung, und es verträgt nur nicht, daß man ihm Rätsel zu lösen gibt. Wenn ein Dramatiker zum Beispiel im ersten Akt 100 000 Gulden verschenken läßt und den ganzen Abend hindurch von dieser großmütigen Handlung nicht mehr die Rede ist, so wird man im verzweifelten Ringen um die Garderobe die bange Frage hören: »Ich möcht' nur wissen, was mit den 100 000 Gulden geschehen ist!« Wie kann die Theaterästhetik so herzlos sein, von den Direktoren immer wieder zu verlangen, daß sie Ibsen spielen! »Tus nicht!« rief ein braver Mann von der Galerie dem Tell zu, als er eben auf das Haupt des leiblichen Kindes anlegte. Als aber einmal auf der Bühne des Burgtheaters eine Person in einem französischen Sittenstück den Satz aussprach:»Es ist eine schöne Pflicht der großen Banken, notleidenden Kaufleuten beizustehen!«, rief eine Damenstimme aus einer Loge ein langgedehntes, inhaltsschweres »Bravo!«. Einen Kritiker, der gern in Bildern spricht, traf dieses Familienschicksal, das wie ein Operngucker ins Parkett fiel, direkt auf den Kopf.

Es ist erfreulich zu sehen, wie unbeirrbar – trotz einer »Chinesischen Mauer« – der Glaube des Publikums an die Mission der ›Fackel‹ sich zu meinem Schreibtisch Bahn bricht. Eine und dieselbe Post brachte mir: eine Beschwerdeschrift, unterzeichnet von mehreren Leuten, Lehrern, Beamten und sonstigen Standespersonen, über die Grobheit eines Försters, der dem Pintsch einer Dame in der Sommerfrische auf den Fuß trat, so daß die Dame aufschrie, worauf der Förster mit der Tötung des Hundes, der ihm überhaupt unsympathisch war, drohte, so daß die Dame in Ohnmacht fiel, so daß die Herren nicht wußten, was sie machen sollten, und den Beschluß faßten, es der ›Fackel‹ zu sagen. Ferner: die Zuschrift eines Bäckers, die mit den mir unvergeßlichen Worten beginnt:»Entschuldigen Sie meine Freiheit! Ich habe soeben in Erfahrung gebracht, daß Sie unerschrocken jede Wahrheit, welche das Publikum interessiert, vor die Öffentlichkeit bringen und erlaube mir...«, und die mit dem lockenden Versprechen schließt, daß»sehr viele Sachen ans Tageslicht kommen« werden. Dann: die Mahnung eines Ungeduldigen, es sei schon höchste Zeit, daß sich die ›Fackel‹ für den Kampf um den Direktorsposten bei der Kreditanstalt interessiere. Endlich: die Klage eines Luftschiffers:»Obwohl ich seit Erscheinen der ›Fackel‹ so ziemlich deren sämtliche Nummern gelesen und was noch mehr ist, gekauft habe, bin ich doch bisher nicht in der Lage, mir ein Urteil über Ihr aviatisches Glaubensbekenntnis zu bilden«... Nun, wenn ich die Erwartungen der Leser auch nicht immer zu erfüllen im Stande bin, so werde ich doch stets bereit sein, die Distanz, in der ich zurückbleibe, zu bekennen.

Die sich nicht zu erziehen haben lassen

Ein deutschnationaler Professor ist – bitteres Los – genötigt, sich gegen den Verdacht der Bevorzugung von Ostjuden wie folgt zu wehren:

> Aus Liebedienerei gegen die Studenten habe ich Einseitigkeiten nie begangen und werde sie auch nicht begehen, denn ich bin heute immer noch der Meinung, daß die Professoren die Studenten zu erziehen haben, sich aber nicht von den Studenten erst *zu erziehen haben lassen* ...
> Ich stelle fest, daß während meines Dekanates keine schrankenlose Aufnahme von Ostjuden erfolgt ist und im Gegenteil die *Aufnahme* der Ostjuden in *weitgehendster* Weise und nach klar umrissenen einheitlichen Normen *herabgedrückt* wurde.

Das war insofern ein Fehler, als ich überzeugt bin, daß sich unter den Ostjuden manche finden, die mehr Gefühl für die deutsche Sprache haben als sämtliche Ostdeutschen. Daß die Aufnahme in weitgehendster Weise herabgedrückt wurde – was auch anstrengend sein muß – ist sehr bedauerlich. Aber was sollten die ostjüdischen Studenten schließlich ausrichten? Die deutschnationalen Professoren wissen ganz gut, daß sie sich nicht von ihnen zu erziehen haben lassen. Und wenn man sie fragte, ob sie sich nicht vielleicht, nämlich in der deutschen Sprache, haben erziehen zu lassen (oder erziehen zu lassen haben), so würden sie vermuten, daß man sie mit echt talmudischer Spitzfindigkeit hineinlegen will.

Ein Satz

des Herrn Paul Goldmann:

Man kann den zweiten Teil des »Faust« wohl nur so verstehen, daß Faust, der im ersten Teil das Glück vergebens im Genießen gesucht hat, es nun im zweiten Teil durch Handeln zu finden sich bemüht, bis ihm endlich die tiefe Wahrheit aufgeht, daß das Genießen nicht zum Glücke führt und daß das Handeln zwar dem Glücke näher, aber doch auch nicht ans Ziel bringt, weil eben dieses ersehnte Ziel des Glückes überhaupt unerreichbar ist, weil der Mensch immer nur nach Glück zu streben, niemals glücklich zu werden oder vielmehr es nur dann zu werden vermag, wenn er, indem er durch tüchtiges Handeln glücklich zu werden strebt, bereits im Streben nach dem Glück das Glück findet.

Der Worte sind genug gewechselt – nichts zu handeln? Weil man, wenn man, indem man so etwas liest, unwillkürlich ins Genießen kommt, nicht genug bekommen kann, so besteht das Glück darin, daß man bloß danach strebt, es zu Ende zu lesen und bereits im Streben nach dem Ende das Ende findet, was aber vor allem für die Leute gilt, die nicht viel Zeit haben, weil sie, wenn sie, indem sie durch tüchtiges Handeln glücklich zu werden verstehen, Geschäftsleute sind, etwas besseres zu tun haben, während der Mensch, was kommt arm auf der Welt, ist besser man hackt ihm gleich den Kopf ab.

Der Punkt

Ich habe den Schlußpunkt der Burgtheaterherrlichkeit entdeckt. Den toten Punkt, über den kein Burgtheaterdirektor hinauskommt. Nichts hilft, dieser Punkt trägt an allem Schuld. Man glaubt natürlich, daß ich den »Dunklen Punkt« meine, der jetzt im Burgtheater gespielt wird. Aber die schlechte Literatur hat das Burgtheater nicht heruntergebracht; das behaupten nur jene theaterfremden Kritiker, denen es nicht gelungen ist, ihre eigene schlechte Literatur dem Burgtheater anzuhängen. Was ich nun meine, wird man erst verstehen, wenn man sich vor die Front des Burgtheaters stellt und dort hinaufschaut, wo Apollo, bekanntlich einer der beliebtesten Götter Wiens, seinen Wohnsitz hat. Zu seinen Füßen wird man in mannshohen Lettern die Aufschrift finden :

K. K. HOFBURGTHEATER.

Punkt! Darüber komme ich nicht weg. Diesem Punkt gebe ich die Schuld, daß die künstlerische Entwicklung ins Stocken geraten ist. Aber, seien wir gerecht, er hat dafür auch schon manches Unheil verhütet. Denn wie leicht hätte es geschehen können, daß ein Wiener, der ja so lange auf ein Dach schaut, bis sich andere Wiener ansammeln und auch aufs Dach schauen, wie leicht hätte es also geschehen können, daß dieser Wiener und alle, die in gutem Glauben seinem Beispiele folgen, weiterlesen, nachdem sie mit der Aufschrift:

K. K. HOFBURGTHEATER

fertig geworden sind. Man male sich nur die Folgen aus. Die Wiener lesen weiter nach rechts, immer weiter, bis dorthin, wo der Volksgarten beginnt, und wenn nicht ein zufällig des Weges kommender Wachmann Halt ruft, kann es geschehen, daß sie von einem zufällig des Weges kommenden Einspänner überfahren werden. Da nun der Erbauer des Burgtheaters, der Baron Hasenauer, die Gefahren des Verkehrs erkannte und die Gelegenheiten der Warnung nicht überschätzte, so entschloß er sich, allen Eventualitäten vorzubauen und die Wiener durch einen nicht zu übersehenden Punkt vor den Folgen des unvorsichtigen Weiterlesens zu bewahren. Durch Wochen stemmten ein Dutzend Arbeiter an dem Stein und stanzten einen Punkt, so groß wie der Kopf eines erwachsenen Wieners. Man wäre nun versucht, in dieser Mühe ein Sinnbild des dekorativen Kretinismus zu erblicken, der um eines Schnörkels willen gegen alle Ökonomie wütet. Aber man würde damit den sozialhygienischen Wert dieses besonderen Punktes verkennen. Denn es ist erwiesen, daß sich in den zwanzig Jahren, die das neue

K. K. HOFBURGTHEATER.

steht, kein nennenswerter Unfall ereignet hat. Auf dem Franzensring sammeln sich die Leute, sie lesen die Aufschrift mit Interesse, aber sie wissen, wo sie aufzuhören haben, und gehen wieder ihrer Wege. Neugierige fühlen ein kräftiges »Zaruck!«, und die anderen bescheiden sich. Nur auf manche Passanten übt gerade wieder der Punkt eine besondere Anziehungskraft aus. Zum Beispiel auf die Burgtheaterdirektoren. Sie, die weiterlesen sollten, starren fasziniert auf den Punkt. Sie glauben, er sei eine Fügung des Obersthofmeisteramtes, und kommen nicht weiter. Sie laufen die Buchstabenreihe zwischen dem K. K. und dem dramatischen R auf und ab und finden keinen Ausweg. Ich glaube, es wäre ihr ewig Weh und Ach aus einem Punkte zu kurieren. Und es wird einmal eine Sage sein, daß ein Fluch auf dem Hause gelastet hat, an dem nicht die Akustik, sondern die Interpunktion schuld war. Man befreie die Kunst und sorge für die Sicherheit des Publikums durch Vermehrung der Wache!

Der Komet in Wien

Der Wiener und die Unendlichkeit – das unwahrscheinliche Schauspiel wäre glücklich überstanden. Wenn der Komet gefährlich ist, so ist er es nicht so sehr vermöge der ihm innewohnenden Blausäure als wegen der nicht auszudenkenden Möglichkeit, daß sich bei seiner Annäherung jeder Trottel kosmisch gestimmt fühlt. Es ist nicht so weit gekommen. Nur eire fürchterliche Spielart kosmischer Denkfähigkeit wurde uns beschert: jene, die vor dem Untergang die Tröstungen der Wissenschaft empfängt. Der aufgeklärte Großstädter, dem nichts passieren kann, weil die Neue Freie Presse es mit der Sternwarte hält und die Vorsehung sich hüten wird, es mit der Neuen Freien Presse zu verderben; und der stolz ist, weil der Papst Kalixtus gegen den Kometen noch eine Bulle erlassen mußte, während heutzutag der Papst Benedikt mit einem Leitartikel denselben Effekt erzielt. Ach, die knierutschende Angst, die in früheren Jahrhunderten das Ende der Welt erwartete, war schlechter informiert, aber besser beraten, als die Zuversicht, die das Morgenblatt erwartet. Dieses erdensichere Gesindel wird eines Tages fürchterlich aufsitzen, wenn es den Kometen anulkt und inzwischen die Dummheit ihr Zerstörungswerk an der Welt vollendet hat. Der Ernst des Kometen wäre so trostlos nicht wie sein Humor. Denn wenn die Welt kaput geht, bleibt der Geist bestehen, aber wenn sie nicht kaput geht, bleibt die Dummheit bestehen, und ein ungefährlicher Komet macht das Übel schlimmer, da er jeden Friseur zum Philosophen und jeden Redakteur zum Humoristen macht. Nichts ist leichter, als vor dem Kometen Humor zu haben, denn je kleiner die Menschlichkeit, in desto größerer Kontrastwirkung erscheint er am Himmel, vorausgesetzt, daß er erscheint. Aber wenn auch die Sterne nicht lügen, so müssen darum die Astronomen nicht die Wahrheit sagen, und es hat sich herausgestellt, daß sie vom Kometen lange nicht so viel verstehen wie die Praterwirte, die bei seiner Erwartung besser abgeschnitten haben als jene bei seiner Erfüllung. Denn bis sich auf allgemeines Verlangen dieser Nebelstreif am Himmel zeigte, haben sie die Existenz des Kometen mit seiner Unsichtbarkeit bewiesen und den Durchgang aus der Feststellung, daß man ihn nicht beobachtet habe. Sie sagten, daß das, was wir nicht sahen, der Komet gewesen sei, und nur ihrer ehrenwörtlichen Versicherung glauben wir jetzt, daß das, was wir sehen, der Komet sei, weil wir ja schließlich keinen Grund haben, anständigen Leuten zu mißtrauen. Der religiöse Glaube sorgt auch für die Sinne. Was aber sind die Tröstungen einer Wissenschaft wert, die einen kahlen Himmel bietet? Er bewahrte uns vor Cyanwasserstoff; doch das vergeben ihm die Wiener nicht, daß er um ein Spektakel sie betrog, Der Komet ist ungefährlich; aber daß man auch die ganze Zeit nichts Verdächtiges bemerkt hat, untergräbt den Kredit der Wissenschaft und zerstört nur jenen Kometenaberglauben, unter dem man fortan den Aberglauben versteht, daß es Kometen gibt. Nun soll ja der Astronomie, die gewiß eine riegelsame Wissenschaft ist, nicht nahegetreten werden, aber sie hat sich diesmal schwer kompromittiert, weil sie sich den Hervorrufen eines fortschrittlichen Gafferpöbels eher und bereitwilliger zeigte als der Komet. Sie hat sich täglich mit den Reportern der Aufklärung eingelassen und sich damit auf ein Niveau begeben, auf dem sonst nur die Vertreter einer anderen Wissenschaft nach dubiosen Ehren auslugen, nämlich jener, die auf Wunsch der Nachtredaktion über einen hohen Patienten Ferndiagnosen stellt. Gewiß, sie haben eine Bevölkerung beruhigt, die bisher bloß gewohnt war, auf ein Dach hinaufzuschauen, während sich jetzt die Verkehrshindernisse auch durch die Betrachtung des Firmaments ergaben. Aber sie haben diese Bevölkerung zugleich enttäuscht und die Aufgeklärtheit, zu der sie ihr täglich zweimal verhalfen, in Nihilismus verwandelt. Sie sollten aus Schamgefühl die Sternwarte zusperren, wenn sie heute den Satz im Kometenbericht lesen:»An einem Tische wird der Artikel des Hofrates Weiß, der im heutigen Abendblatt der Neuen Freien Presse erschienen ist, verlesen. Die Stelle, welche den Anblick für die nächsten Abende in sichere Aussicht stellt, findet bei dem Publikum lebhaftesten Beifall«. Halley hatte es auf diesen Beifall nicht abgesehen, und dennoch gelang es ihm, den Kometen zu einer Produktion zu gewinnen. Unsere Welttheateragenten aber dachten an das Publikum, und als es wie die Buben auf der Galerie einer italienischen Schmiere zu stampfen begann, kamen sie immer wieder heraus und beruhigten es mit Versicherungen von eingetretenen Hindernissen, Wolkenvorhang, Kostümwechsel, Unpäßlichkeit und was dergleichen Ausreden mehr sind, die aufgeregte Impresarios stets bei der Hand haben, wenn die Laune eines Stars sie blamiert hat.»Nach Sonnenuntergang war der westliche Himmel in Dunst gehüllt. Es ist dagegen zu erwarten, daß der Komet morgen Samstag abends endlich am Wiener Himmel erscheinen werde. *Das Publikum möge nicht ungeduldig werden und noch einen Tag zuwarten* – schließlich wird der Halleysche Komet in aller Pracht erscheinen.« Er erschien nicht; nicht Samstag, nicht»heute und die folgenden Tage«. Aber den Dunst, den man einem Publikum vorgemacht hat, auf den Himmel schieben, ist eines Astronomen unwürdig, vorausgesetzt, daß er nicht darauf spekuliert, das Geschäft jenes Impresarios zu übernehmen, der sich kürzlich in Wien aus unglücklicher Liebe zu einem Stern zweiter Größe umgebracht hat. Daß den Herren der Komet zwischen der Sonne und der Erde durchgegangen war, ist ja gewiß tragisch, aber wenn sie nicht so heftig mit der kosmischen Pünktlichkeit geprotzt hätten, hätte ihnen niemand aus der kosmischen Unordnung einen Vorwurf gemacht. Auch die Südbahn wird ja nur deshalb getadelt, weil sie so unvorsichtig ist, einen Fahrplan herauszugeben. Und so ist es gekommen, daß nicht nur die Welt im allgemeinen nicht zugrundegegangen ist, sondern insbesondere nicht das Wirtsgeschäft auf dem Kahlenberg. Wien hat ein gastronomisches Ereignis zu verzeichnen. Wäre die Welt untergegangen, dann hätten nur die Fiaker profitiert, weil sie sich für berechtigt gehalten hätten, den ihnen gebührenden Betrag mit der Begründung zurückzuweisen: »Aber Euer Gnaden, an so an Tag!« So aber bleibt alles beim Alten. Der Wiener, dem Basiliskenblick der Ewigkeit entronnen, hat zum Hausmeister zurückgefunden. Die Zehnuhrsperre dieser kleinen Welt läßt sich ertragen.

Der Deutlichkeit halber

In Berlin, unter den Linden, ist das Schaufenster eines Hofphotographen. Dort ist einer mit einem Pinsel in der Hand photographiert: aha ein Maler! Dann ist einer mit einer Zigarette in der Hand photographiert: aha ein Raucher! Dann ist einer, der gar nichts in der Hand hat, photographiert: aha ein Nordpolentdecker! Und dann ist noch Herr Harden mit einer Feder in der Hand photographiert: aha ein Schriftsteller!

Das Haus auf dem Michaelerplatz

In Wien werden die Kinder gepäppelt und die Männer gepeinigt. Der niedliche Kammerdiener der öffentlichen Meinung aber, der uns öfter mit seinem Besuch beehrt und den Wienern jenen Honig ums Maul schmiert, der bekanntlich in ihrem Lande fließt und den wir bisher für Straßendreck hielten, ist anderer Ansicht. Er steht wie alljährlich unter dem Christbaum des Moriz Benedikt und versichert in der typischen Oberflächenbetrachtung des Problems Wien-Berlin, daß die Wiener die Persönlichkeiten lieben. Ich gehe weiter, ich sage, die Wiener *sind* Persönlichkeiten, und es ist erweislich wahr, daß aus einem Einspänner, wenn man sich in der Verzweiflung einmal hinreißen ließe, Blut flösse, während ein Berliner Droschkenkutscher bloß in seine Bestandteile zerfiele. Tatsächlich aber darbt die Persönlichkeit in dieser holden Fülle, deren der adrette Gastspieler die Wiener jedesmal versichert. Es lohnt sich nicht, solchen Schlachtenbummler, den an der Entwicklung ja doch nur die Jahreszahlen interessieren, vor das Leichenfeld der Persönlichkeiten zu führen, in das sich die liebe Wiener Erde sofort verwandelt, wenn man an der Kurbel dreht und es auf die Enttäuschung des Fremden abgesehen hat. Der einzige Fremde, der seit Jahr und Tag nach Wien kommt, ist ja eben Herr Maximilian Harden, und der hat zu viel Geschmack und zu wenig Phantasie, um sich täuschen und enttäuschen zu lassen. Wien ist die Stadt jener erweislichen Wahrheit, die ein für allemal erbaut ist, und den höheren Wert eines Lebens, das sich täglich von neuem erschafft, kann ein Gehirn nicht begreifen, das bloß ausspricht, was ist, aber nicht was scheint. Das eigene Manko an Persönlichkeit muß solchen Kulturästheten – dieser da ist noch mit »ökonomischen Zusammenhängen« begabt – der Wald- und Wiesengürtel ersetzen. Sie zweifeln nicht, daß in diesem milden Klima, in dem man mit dem Kellner »dischkurieren« darf, ehe man »sein« Rindfleisch bekommt, die Persönlichkeit sichs wohl sein lassen muß. Sie sehen nicht, wie dieser walzerische und malerische Volksgeist, der selbst Ton und Farbe der Persönlichkeit hat, den geistigen Menschen durch die Gassen jagt wie den narrischen Tonl. Wien muß ihn verkennen, wie ihn eben die Familie verkennt, während er im Hotelbetrieb des Berliner Lebens, in der glücklichen Neutralität der Berliner Straße wenigstens zu sich selbst kommt. Wahrlich, die sich hierzulande gegen die Kunst verschwören, sehen alle so aus, als ob sie Persönlichkeiten wären. Der Fremde ist entzückt, wie sie im Rudel beisammenstehen und den Verkehr hindern. Was tun sie? Sie erdrücken eine Persönlichkeit. Wenn sie entkommt, läuft sie Spießruten. Das schäbige Gewitzel der Statisten, das hier allemal losbricht, wenn einer einmal gehen möchte, man glaubt, der Fremde selbst müßte es hören. Ein Geher ist hier Adolf Loos und darum ein Ärgernis den Leuten, die zwischen Graben und Michaelerplatz herumstehen. Er hat ihnen dort einen Gedanken hingebaut. Sie aber fühlen sich nur vor den architektonischen Stimmungen wohl und haben darum beschlossen, ihm die unentbehrlichen Hindernisse in den Weg zu legen, von denen er sie befreien wollte. Die Mittelmäßigkeit revoltiert gegen die Zweckmäßigkeit. Die selbstlosen Hüter der Vergangenheit, die sich lieber unter dem Schutt baufälliger Häuser begraben sehen als in neuen leben möchten, sind nicht weniger empört, als die Kunstmaurer, die eine Gelegenheit schnackiger Einfälle versäumt sehen und zum erstenmal fühlen, wie sie das Leben als tabula rasa anstarrt. Das hätten wir auch können! rufen sie, nachdem sie sich erholt haben, während er vor ihren Fassaden bekennen muß, daß er es nie vermocht hätte. Denn sein schöpferischer Mangel würde vergebens an den Zierraten stümpern, während sie ihm vielleicht auch den Respekt vor der Notwendigkeit feuilletonistisch Juxen könnten und dann soviel zustande brächten, als ein Gedicht von Heine ergibt, dem man die Reime ausgebrochen hat. Jenem aber gebührt das Verdienst, daß das Stehenbleiben der Wiener einmal einer Angelegenheit des Fortschritts gilt, daß vor seiner Wirkung der Unterschied zwischen der alten und der neuen Ideenlosigkeit schwindet und die Kostgänger von Tradition und Sezession zu einem übersehbaren Verkehrshindernis verschmelzen, bis die Polizei im Interesse des Bürgerfriedens und weil es bei Strafe verboten ist, gewisse Flächen nicht zu verschandeln, den Enthaltsamen zur Anbringung von Ornamenten zwingt. Hier ist freilich auch eine Hetzarbeit geleistet worden, wie sie selbst in einem Milieu, dessen feiner Geschmack von einer ordinären Gesinnung noch unterstützt wird, nicht oft geleistet wurde. Schon von dem Aussehen, das die Planken boten, haben die Feuilletonisten auf das Werk geschlossen. Was würde der A. F. Seligmann, der, weil er seinen Beruf als Malermeister verfehlt hat, kunstkritischer Journalist geworden ist, ohne aber diesen Beruf getroffen zu haben, was würde er dazu sagen, wenn er rückfällig würde, eine Vedute zu malen anfinge und der flanierende Pöbel riefe, das Bild sei Schund, es also beurteilte, als ob es schon fertig wäre? Was möchte Herr Wittmann, dessen geistige Fläche wahrlich des Ornaments bedarf und der Feuilletonist sein muß, weil sonst in den öden Fensterhöhlen das Grauen wohnen würde, was möchte er sagen, wenn man ihm schon sein angefangenes Feuilleton in den Papierkorb wünschte? Es ist nicht meine Sache, zu untersuchen, ob die Leserin Recht hat, die ihrem Ekel über die künstlerische Wallung des Herrn Wittmann in dem Ausruf Luft macht: »Was für bodenlos gemeine, rein persönliche Interessen müssen da dahinter stecken!« Aber man wird gut tun, die »viereckigen Fenster«, die Herr Wittmann am Loos'schen Haus gesehen hat, fest verschlossen zu halten, damit die geistige Luft der Stadt nicht eindringe. Nicht daß die, die geboren sind, später Recht zu behalten, von der zeitgenössischen Dummheit verkürzt werden, ist beklagenswert. Aber die Distanzlosigkeit, mit der sich hierzulande jeder Sonntagsplauderer sofort in den Hohn findet, während anderswo der feindlichen Persönlichkeit wenigstens Raum vom Haß gelassen wird, ist das Wienerische an dem Fall Adolf Loos. Es verstand sich von selbst, daß die Leute, die hier das Wort gegen die Kunst führen, sich auf dem

Michaelerplatz schlecht benehmen würden. An den Ecksteinen der Entwicklung machen sich die Preßköter zu schaffen.

Aus aller Welt

Eine einzige Zeitung zeigt, in welcher Zeit wir leben. Der König von England ist Freimaurer geworden, der König von Italien hat Gorki empfangen und ihm gesagt, daß er Sozialist sei, der Emir von Buchara hält während der mohammedanischen Fastenzeit Gelage, und der Lippowitz behauptet, das alles seien Originalnachrichten.

Der Rückwärtige

»Die Wachleute mußten sich an den Händen nehmen, um,
eingekeilt in die vorne und rückwärts andrängen Menge...«

Wie war das also? Wenn die Menge vorne andrängt, so drängt sie
ja eben rückwärts, und die Wachleute sind dann nicht eingekeilt.
Schlimm ist die Situation nur dann, wenn die Menge vorne und
hinten andrängt, denn die Menge, die vorne andrängt, drängt
rückwärts, und die Menge, die hinten andränge, drängt vorwärts.
Man müßte also, um das auszudrücken, entweder schreiben, daß
die Menge vorne und hinten, oder daß sie rückwärts und vorwärts
angedrängt habe. Aber das wäre nicht österreichisch. Deutsch ist,
daß man vorne und hinten steht, nach vorne und nach hinten geht
oder vorwärts und rückwärts. In Österreich steht man zwar vorne,
aber nur rückwärts, nicht hinten, und geht »nach« vorwärts und
»nach« rückwärts. Ich habe schon einmal erklärt, wieso das kommt.
Der Österreicher fühlt sich beim Wort »hinten« so sehr ertappt, daß
er die größten sprachlogischen Opfer bringt, um es zu vermeiden.
Er setzt für das zuständliche Adverb das Richtungswort, ergänzt es
dort, wo es wirklich die Richtung bezeichnen soll, durch das tauto-
logisch »nach« und erfindet eigens das schöne Adjektiv »rückwär-
tig«. Alles das, weil er sich bei jeder nur möglichen Gelegenheit an
den Rückwärtigen erinnert fühlt.

Die Volkszählung

hat ergeben, daß Wien 2,030.834 Einwohner hat. Nämlich
2,030.833 *Seelen* und mich.

»Entführung eines Autotaxi«

Wie herzig das klingt. Und nie noch ist eine notwendiger gewesen als diese:

> Ein eigenartiger Diebstahl ereignete sich heute in der Hegel-
> gasse. Der Chauffeur des Mietautomobils A II 681 wollte in
> dem an der Ecke der Schwarzenbergstraße und der Hegel-
> gasse befindlichen Kaffeehaus eine Schale Tee trinken. Er
> stellte den Motor seines Wagens ab, ließ den Wagen ohne
> Aufsicht stehen und ging in das Lokal. Wenige Minuten spä-

ter kurbelte ein fremder Mann den Motor an und fuhr, bevor er daran gehindert werden konnte, gegen den Ring zu in raschem Tempo davon. Der Chauffeur machte sofort die polizeiliche Anzeige.

Der Dieb, ein Freund des Fortschritts, auf der Stelle bereit, diesen gegen die Ansprüche der seßhaften Wiener Chauffeure zu verteidigen, hat etwas getan, was ihm in diesen langsamen Zeiten hoch angerechnet werden muß. Er fand den typischen Anblick der Automobildroschke mit der vorgesteckten Bestelltafel unerträglich. Er erkannte blitzartig, daß ein Automobil nicht so sehr dazu diene, den Chauffeur ins Beisel, als den Passagier ans Ziel zu bringen. Er für seine Person hätte vielleicht warten können, bis das Schalerl geleert war. Aber er entschied die Angelegenheit rein prinzipiell. Er wartete nicht einmal ab, bis der Wasserer, der Türlaufmacher, der Grüßer und die andern Funktionäre herbeigeeilt waren, die der Wiener Fortschritt aus dem tierischen Betrieb so komplett herübergerettet hat, daß stündlich die Rückbildung des Chauffeurs in den Fiaker zu erwarten ist. Er wollte von nichts wissen, sah nichts, hörte nichts, überlegte nicht, ob es ein billiger oder teurer Wagen sei, einer, dem ein oder zwei Pferde fehlen, besann keines der Wiener Probleme: ob man sich schon an der Grundtaxe ruinieren solle oder erst später, von welcher Gesellschaft der Wagen sei, ob Zick kostspieliger als Watt, rote Fahne gefährlicher als gelbes Rad, und ob der Taxameter deshalb eine ungerade Ziffer zeige, weil man fünf Heller sich weder zurückgeben lassen noch geben kann und somit gezwungen ist, mehr zu geben. Vielleicht zog all dies an seinem Geiste vorüber, er gedachte der Vielen, die da im Leben standen, rasch an ihr Tagwerk gelangen wollten und an dem Widerstand der Chauffeure, die Zeit haben, verbluten mußten, und er beschloß, der Qual ein Ende zu machen, ehe sie begonnen war. Vielleicht auch fiel ihm ein: Der Kerl wird doch einmal herauskommen, aber dann, wenns losgeht, überfährt er mir den Wachmann an der Ecke, der den Straßenverkehr zu regeln hat. Und waren es auch nicht Gedanken, wars nur die Vision von Hindernissen und Gefahren, die ihm das Stilleben dieses verlassenen Autotaxi bot, es riß ihn hin, er kurbelte an, schwang sich empor und ward nicht mehr gesehn. Ein Fahrzeug dient zum Fortkommen, sagte er zu seiner Rechtfertigung. Und weil es ein Automobil ist, kann es sich auch ohne Chauffeur weiter bewegen. Und schneller. Eine Sonderauffassung, die meinen Beifall hat. Nur möchte ich finden, daß dem Verkehr noch besser durch die Entführung der Chauffeure gedient wäre. Denn wenn sie ohne Automobil zurückbleiben und auf dem Trottoir herumstehen, haben wir erst recht nichts vom Fortschritt. Das einzige, was sie »sofort« machen können, ist die polizeiliche Anzeige, und selbst die bringt uns nicht weiter. Wie dem immer sei, nie ist ein Diebstahl organischer aus den bestehenden sozialen Verhältnissen hervorgegangen. Hier ist ein Langfinger auf eine offene Wunde gelegt worden. Mit moralischem Nasenrümpfen wird man dem Mutigen nicht beikommen. Alle Werke des Fortschritts wären ungetan geblieben, wenn die Welt gewartet hätte, bis die Chauffeure ausgetrunken haben.

Der Hosenrock

ist mir nicht angenehm. Er markiert das Recht der Frauen auf einen Vollbart. Er bedeutet eine Ungerechtigkeit gegen Herrn Sudermann, den sich niemand gern in einer Rockhose vorstellt, dem man sie aber unbedingt im Laufe der Zeit wird konzedieren müssen. Oder wer von uns hat nicht schon unter einem der blondbärtigen Untiere gelitten, die Sommers, auf irgendeiner Esplanade, mit der Manneszier exhibitionierten und sie extra durch kurze Höschen zu einer peinlichen Kontrastwirkung brachten? Von da ist nur ein Schritt zu der selbstmörderischen Vorstellung, daß Herr Professor Minor in Jupons Seminar hält. Nein, darum mag ich die Frauen in Beinkleidern nicht sehen. Höchstens jene, die den Mädchenhandel bekämpfen. Nimmer jene, die die natürlichen Anlagen haben, ihm zum Opfer zu fallen. Die uns in das Mysterium ihres Geschlechtes einführen, brauchen keine Tracht, als obs in ein Salzbergwerk ginge. Bis zur kurzen Hose gehe ich noch mit!

Zweiunddreißig Minuten

und sechzehn Stationen hat neulich abends die Elektrische vorn Schwarzenbergplatz bis zur Oper gebraucht, weil vorn einer aufgestellt war, der eine beschwörende Pantomime machte, weil ein Automobil vorüber wollte, vor dem ein Passant erschrak, der links ausgewichen war, weil ein Einspänner kam, dem ein Fiaker rechts vorfahren wollte, indem er Hoah rief, um einen Leiterwagen zu überraschen, der nicht weiter konnte, weil vor ihm ein Radfahrer war, der hinter einem Handwagen fuhr, dem ein Lastwagen nicht

Platz machen wollte, dessen Kutscher Hüah rief, weil eine Bewegung entstand, indem der vorübergehende Truchseß Dobner von Dobenau sich anschickte, einen vorüberfahrenden Hofwagen zu grüßen, in welchem Herr Salten saß.

Wiener Totschlag

Im Kot erstickt. Der 23jährige Hilfsarbeiter Stephan W. hatte sich gestern wegen eines folgenschweren Roheitsaktes zu verantworten. Er hatte sich am 19. Februar in einen Streit, den der Taglöhner Ludwig R. mit mehreren Burschen hatte und der ihn gar nichts anging, eingemengt, dem R. einen Stoß versetzt und dem Fliehenden einen Stein nachgeworfen, der den R. so unglücklich am Hinterhaupt traf, daß er niederfiel und im Straßenkot erstickte. W. stand nun gestern wegen Totschlages vor den Geschwornen ... Die Geschwornen erkannten den Angeklagten schuldig, worauf der Gerichtshof ihn zu zwei Jahren schweren Kerkers verurteilte.

Der Zustand der Wiener Straßen ist ein nicht nur das Leben, sondern auch das Delikt der Körperverletzung erschwerender Umstand. Er führt unbedingt den Tod herbei und würde deshalb selbst die Tat eines Hilfsarbeiters, der einen Taglöhner bloß um die Erd haut, als Totschlag qualifizieren. Auch ohne Steinwurf muß die Sache letal enden. Maßgebend ist allein, daß der Betroffene auf der Straße lag, daß also eine Situation gegeben war, die den Erstickungstod herbeiführen mußte. In anderen Städten wäre es ein schlechter, vielleicht ein roher Spaß, einen hinzulegen. In Wien ist es die Tat eines Unholds. In anderen Städten ist die Behauptung, daß man im Straßenkot ersticke, eine Metapher. In Wien bezeichnet sie einen Tatbestand.

Gefährlich

sind hierzulande auch die Osternummern der Tagespresse. Während in anderen Städten ein Zeitungsblatt bloß eine Bedrohung der geistigen Gesundheit bedeutet, wächst es sich in Wien immer mehr auch zu einer Gefahr für die körperliche Sicherheit heraus. Bei einem Streit, den der Taglöhner Vinzenz Ühlein mit dem vazierenden Hilfsarbeiter Jaroslaw Wlk hatte, zog er die »Zeit« aus der Tasche und verletzte den Gegner nur unerheblich, während und dieser, wie der Wachmann Krziz behauptet, im Besitze der Osternummer des

»Neuen Wiener Tagblatts« war. Ühlein erlitt mehrere Rißquetsch-
wunden sowie eine Luxation des rechten Schultergelenkes. Wlk
wurde deshalb wegen schwerer Körperverletzung und wegen
Übertretung des Waffenpatents zu sechs Monaten verurteilt. Die
Sachverständigen hatten ausgesagt, daß die Nummer, deren Um-
fang 216 Seiten betrug, unter Umständen den Tod herbeiführen
konnte. Das Gericht erkannte auf Saisierung des Kleinen Anzeigers.
Dagegen wurde der Staatsanwalt mit dem Antrag auf Strafverschär-
fung durch Lektüre des Textteiles abgewiesen, was das Gericht mit
dem Hinweis auf den Grundsatz »minima non curat prätor« be-
gründete.

Der Fackel-Kraus

ist eine Bezeichnung, die zu den unverlierbaren Privilegien des
Franz Josefs-Kai gehört. Es ist der ortsübliche Ausdruck einer Le-
bensbetrachtung, die das Werk nicht nach dem Mann, sondern den
Mann nach der Ware bezeichnet. Er bezeugt die unselige Populari-
tät, die ein grinsendes Wien verleiht, welches die Individualität auf
hundert Schritte herausfindet und wie das Mutteraug unter allen
Schlesingers den Paprika-Schlesinger sogleich erkannt hat. Wenn im
herbstlichen Ischl Regenfluten die Kanaille weggeschwemmt haben
und man endlich hofft, von Blicken unbetastet seiner Wege gehen
zu können, zischt noch aus der Konditorei wie die Natter aus dem
Gebüsch das Aviso: Mama der Fackelkraus! Und es sagen's aller
Orten die Jourbesucher. Aber die Gefahr, die so bezeichnet wird,
fühlt sich durch die Furcht bedroht, durch die Aufmerksamkeit
erschreckt und möchte Ruhe haben. Weiß Gott, ich wünsche jedem,
der's ausspricht, die Angina an den Hals. Oder zum wenigsten, daß
alle diese glotzenden Spaziergänger, die vom Aug in den Mund
leben, einmal zusammen auf den Potsdamer Platz getrieben würden. In Berlin, wo die Nullen sich nicht vor den Einser stellen, sorgt
die heilige Regel dafür, daß man auf der Straße ein Privatmann
bleibt. Eine trostlose Ausnahme bilden nur jene Berliner, die durch
vorübergehenden Aufenthalt in Wien aus den Scharnieren geraten
sind. Zum Beispiel Herr Paul Schlenther, der hier sogar mehrere
Jahre lang das Burgtheater geleitet hat und wiewohl ihm Herr v.
Berger auf dem Fuße gefolgt ist, kein gutes Andenken hinterläßt.
Aber mit wahrem Bedauern sah man, daß er nach der Glanzperiode
des Löwenbräus in Berlin als Theaterkritiker frisch angeschlagen

wurde. Als solcher nun begann er kürzlich ein Referat mit den folgenden Worten:

Schon vor mehreren Jahren machte in Wien der kleine »Fackel-Krauß« in einer der positiven Anwandlungen seines verneinenden Geistes den Versuch, Frank Wedekinds zweite Lulutragödie »Die Büchse der Pandora« auf die Bühne zu bringen. Es geschah sogar mit Hilfe von Hoftheatermitgliedern ...

Das ist richtig. Vielleicht erinnert sich sogar Frank Wedekind an diese Aufführung. Was nun die Kontrastierung der Kleinheit des Veranstalters und der Größe des Wagnisses betrifft, so ist es Geschmacksache, ob es nicht in solchen Dingen ausschließlich auf den Erfolg ankommt, und ob nicht das Mißverhältnis zwischen Herrn Schlenther und einem Dezennium Burgtheatergeschichte krasser ist. Was aber die Ornamentierung und Orthographie meines Namens anlangt, so ist zu sagen, daß ich solche Scherze nicht liebe. Gewiß, der dicke Burgtheaterschlender hat sich damals, als er seinen Schauspielern die Erlaubnis zur Mitwirkung an den beiden Abenden der »Büchse der Pandora« erteilte, sein Verdienst um die moderne dramatische Literatur erworben. Gebe ich dies aber auch mit meinem Danke zu, so berechtigt es den Mann noch zu keiner Intimität. Wir sind nie beisammen im Löwenbräu gesessen, und obschon er ein alter Leser der Fackel ist, so haben wir doch nie mitsammen die Schweine gehütet, sondern er weiß, daß ich es im Umkreis der Wiener Presse ganz allein besorgt habe und ihm oft zur stillen Freude. Was soll das also! Der Mann weiß ganz genau, wie mein Name geschrieben wird. Er ahme nicht die Nonchalance der literarhistorischen Sippe nach, die wenn sie schon einmal so tut, als ob sie mich nicht kennte, den Lehrerwitz macht, meiner Schärfe mit einem scharfen ß gerecht zu werden. Es ist kleinlich von mir, aber ich wünsche das nicht, lieber Schlenter. Wir wollen uns in hundert Jahren wieder sprechen, lieber Schlenter. Wir wollen sehen, wers länger aushält. Hofrat werde ich bis dahin bestimmt nicht. Auch wird es von mir nicht heißen, daß ich zwar alle möglichen Mängel hatte, aber doch ein gemütliches Huhn war. Und dennoch fürchte ich, daß man dann den richtigen Schlenther, wiewohl es sicher nur einen des Namens gibt, aus der Menge von Stammgästen nicht herausfinden wird, wenigstens solange nicht, bis jemand erklärt, er meine ja den dicken Löwenbräu-Schlemmter. Während es bei mir, der zeitlebens bloß sich satt gespottet und das Blut seiner Feinde getrunken hat, näherer Hinweise nicht bedürfen wird.

Mona Lisa und der Sieger

Mit zwei kunsthistorischen Ereignissen hat sich dieser Sommer 1911 in die Geschichte der Menschheit eingetragen, mit zwei Gewalttaten zugleich, deren zeitliche Nähe einen tief symbolischen Zusammenhang offenbart. Im August wurde die Mona Lisa aus dem Louvre gestohlen, aber dafür hatte uns der Juli das Porträt des Herausgebers der Neuen Freien Presse geschenkt. So merkwürdig die Nachbarschaft der beiden Taten ist, so erkläre ich, um jeder Reklame für das Sicherheitsbureau der Wiener Polizei die Spitze abzubrechen, sofort: daß ich die Mona Lisa nicht gestohlen habe. Bei Gott! Ich hab's nicht getan; aber hätt' ichs, ich würde mich dieser Tat nicht schämen, denn sie wäre beim Teufel nicht das schlechteste, was ich in meinem Leben getan habe. Im Gegenteil stehe ich nicht an zu behaupten, daß mir die Anonymität des Diebs das einzige bedenkliche Moment in seiner ganzen Aktion zu sein scheint, von dem wundervollen Entschluß an, ein Kunstwerk vom Anblick des Publikums zu befreien, bis zur herrlichen Tat. Zuzutrauen wäre sie mir schon, und ich unterscheide mich von dem Täter nur darin, daß ich mich zu seiner Tat bekenne. Die Hand, die der Welt die Visage des Siegers geoffenbart hat und ihr, weit über jede Absicht des Spottes hinaus, fern aller karikaturistischen Bosheit, in bebender Andacht gezeigt hat, wie das aussieht, was den Staat beraubt und was die Welt verpestet; die Hand, die es nicht dulden wollte, daß das Antlitz der Macht länger verborgen bleibt, welche die Partei des Geldes gegen den Geist vertritt, die Hand, die an einer gemeinen Photographie zu zeigen imstande ist, wie der Fortschritt dasteht, wie die Geldgier die Faust ballt, welchen Blick die Aufklärung hat, welchen Bart der Einfluß und welche Nase der freisinnige Triumph – diese Hand wäre, weiß Gott, auch imstande gewesen, die große Befreiungstat zu vollführen, die die Kunst gegen diese Macht geschützt hat! Mona Lisa – das ist der Schulfall, um der Weltbestie Intelligenz, an deren Haß der Künstler stirbt, aber von deren Haß die Kunst lebt, den Genickfang zu geben. Daß der Abtransport der Mona Lisa die endliche Erfüllung einer tiefen kulturellen Notwendigkeit bedeutet, geht für alle, die Ohren haben, wenn sie schon nicht die Fähigkeit übersinnlichen Erfassens hatten, aus dem Gekreisch derer hervor, die sich als Verlustträger gebärden. Aus dem

Wehgeschrei des Abschaumes der Menschheit, der, nicht imstande zwischen Lionardo und einem Farbendrucker zu unterscheiden, behauptet, daß der Verlust der Mona Lisa nach dem Antisemitismus die größte Schmach des Jahrhunderts sei. Aus den Artikeln des Siegers, der trotz der Zerschmetterung der Christlichsozialen das Leben ohne die Mona Lisa nicht mehr lebenswert findet, wegen des seltsamen, unergründlichen Lächelns; der behauptet, daß ein Bild, welches zu Tausenden gesprochen, welches das Ziel der künstlerischen Andacht Tausender war, dieses Kleinod, welches Tausenden unendlich teuer ist, von Tausenden und Abertausenden bewundert wurde, nein, Tausenden und Abertausenden ein Born reinsten Empfindens und Tausenden, ja man kann ohne Übertreibung sagen, Millionen ein Ziel frommer Wallfahrt war, daß ein solches Kleinod, wenn es gestohlen wurde, eine Schmach für die ganze Menschheit und ein Angriff gegen das ideale Interesse aller Völker und Länder und nicht nur Paris, sondern die ganze Welt und die ganze zivilisierte Welt und die ganze Kulturwelt und wieder die ganze Kulturwelt und die Augen der ganzen Kulturmenschheit sind nach Paris gerichtet und nach dem administrativen Augiasstall, so daß man an Marokko vergaß und unter dem ersten niederschmetternden Eindruck, nachdem der Sonnenstrahl der echten Kunst auch in das ärmliche Heim der unteren Schichten gelenkt wurde und die Erschließung für die großen Massen und die breiten Schichten, so daß nur die Hoffnung bleibt, dem Besitz der Menschheit erhalten zu bleiben und vor dem bewundernden Blick der Gesamtheit wieder aufzutauchen, und die ganze Welt den Wunsch hat, daß sie doch noch gefunden wird, damit das kostbare Gemeingut der Allgemeinheit, das geheimnisvolle, unergründliche Lächeln der Mona Lisa, welches Tausenden in tiefster Seele nachleuchtet, auch in Zukunft Tausenden zur Quelle reinster Freude werde ... All dies zeigt, wie notwendig hier ein entschlossenes Handeln war. Seit jeher hatte ich, ohne daß ich mir's recht gestehen wollte, eine geheimnisvolle Abneigung gegen das unergründliche Lächeln der Mona Lisa. Ich hatte es noch nicht gesehen, aber es verfolgte mich seit dem ersten Blick in eine Zeitung, denn meine Bestimmung war es doch, mehr Kunstkritiken als Bilder zu betrachten. Aber nicht nur in Kunstkritiken, auch in Literaturkritiken trat mir das unergründliche Lächeln der Mona Lisa entgegen, es fehlte – lange ehe es in den Leitartikel kam – in keinem Feuilleton, und kaum ein Sonntapplauderer lebte, der nicht der geheimnisvollen Pragerin, die auf der Ischler Esplanade Furore machte, das besondere Merkmal nachrühmte, daß sie das unergründliche Lächeln der Mona Lisa habe. Wie mir »das alte Wien des Canaletto« durch die häufige literarische Verwendung dieses Malers unsympathisch wurde, so machte sich mir die Mona Lisa durch eine Eigenschaft verhaßt, die sie mit jedem Jourmädel zu teilen schien. Dieses Vorurteil nun wurde vom Anblick des Originals nicht besiegt, sondern im Gegenteil fand ich, daß es nicht bald etwas Reizloseres, Altjüngferlicheres geben könne als das Lächeln der Mona Lisa, auf deren Geheimnis ich nicht neugierig war und die mir günstigsten Falls den seichten Glauben an die Unergründlichkeit der Frauenseele zu belächeln schien. Aber vor allem in einem Punkte unterschied ich mich von den Tausenden und Abertausenden: ich gab – ohne von der Kunst der Farbe viel mehr zu verstehen als sie – die Möglichkeit zu, daß Lionardo auch dann ein großer Maler geworden wäre, wenn die Gioconda zufällig ohne Lächeln auf die Welt gekommen wäre, und daß er ein Künstler ist, selbst wenn sie ein Scheusal war. Das ist es nämlich, was der Kunstverstand meiner Bedienerin und meines Leitartiklers und der ganzen kultivierten Welt nicht zugeben will, und wenn Reznicek die Gioconda noch schöner gemalt hätte, so hielten sie ihn für einen noch größeren Künstler als Lionardo. Ihre Trauer um den Verlust eines Originals würde vertausendundabertausendfacht, wenn auch alle Kopien verloren gingen, und wie viel Jammer in der Welt wäre, wenn erst alle Ansichtskarten der Mona Lisa geraubt würden, das ist gar nicht zu ermessen. Auch auf einem höheren Kulturniveau als jenes ist, auf dem die kultivierte Menschheit steht, wäre die Wehklage über ein verlorenes Bild als Heuchelei abzuweisen, die Irrelevanz des Kunstwerks im Vergleich zum Künstler hervorzuheben und die Kunst nötigenfalls durch Vernichtung des fertigen Werkes gegen die Anerkennung eines Intelligenzpöbels zu schützen, dessen tiefere Teilnahme ja doch nur jenen schöpferischen Naturen gehört, die Feuer fressen oder bis zum hohen C gelangen. So wie aber die kulturellen Verhältnisse heute liegen, ist es ein Rätsel, warum über die Vernichtung eines Ölgemäldes in der Auslage der Firma Nedomansky, das den letzten Straßenexzessen zum Opfer fiel, nicht Leitartikel geschrieben wurden. Den kunstfernen Sudlern, die bei jeder sich bietenden Gelegenheit die Aussicht eröffnen, daß die Kunst demnächst »Gemeingut« werde, und die darüber entzückt sind, daß die Mona Lisa sich schon so eingebürgert habe wie das Telephon: ihnen, die die Kunst verbilligen – nicht jenen, die das Fleisch verteuern wollen, müßte man die Fenster einschlagen! Und ein Gesindel, das nur die Ekstase merkantiler Erlebnisse kennt, nur die Ehrfurcht vor dem Geld, nur die Spannungen der Börse; dem Kunst ein Gesellschaftsspiel und Religion ein gesellschaftlicher Zwang ist; dem Religion das ist, woran der Salo Cohn glaubt, und Kunst das, was er kaufen kann: solches Volk applaudiert dem Leitartikler, wenn er beteuert, daß »jeder einzelne verarmt und schwer geschädigt« sei, als wär's der schwarze Freitag, und wenn er den Einwand, daß es schließlich ja doch nicht um die Börse, sondern nur um die Kunst gehe, mit der Frage vorwegnimmt: »Ist das andächtige Erschauern vor einem Kunstwerk nicht auch etwas Heiliges?« Denn sie alle sind vor der Mona Lisa andächtig erschauert, sobald sie dazu Zeit hatten. »Wie viele«, ruft jener, »die im Drang der Geschäfte nach der französischen Hauptstadt kamen, haben vor dem Bilde Lionardo da Vincis Augenblicke der Erbauung und der Andacht verbracht, die ihnen wirklich zum inneren Erleben wurden!« Das kann man sich vorstellen. Die Manufakturreisenden, die, ohne im Baedeker nachzusehen, ins Louvre eilen, zuerst enttäuscht wegen der Verwechslung, dann aber gebannt, hingerissen, wie fest gewurzelt vor der Mona Lisa, schnell ihre Andacht verrichtend, schlag zwei wieder beim Vertreter, weil das Leben, das Leben eben doch seine Rechte fordert! Nun ist sie dahin, und ihnen bleibt nur die Erinnerung, und wenn sie ein unergründliches Lächeln brauchen, sind sie rein auf das Konterfei des Siegers angewiesen. Freilich hat dieses den Vorzug, daß seine Echtheit unbestritten ist. Von der aus dem Louvre entwendeten Mona Lisa hat ein Sachverständiger behauptet, daß sie eine Kopie sei. Ist sie das, so ist auch die Trauer, die die Kulturmenschheit über den Verlust eines Kunstwerks empfindet, als Schwindel entlarvt. Denn um ihr Schauer der Andacht beizubringen und in ihrer tiefsten Seele nachzuleuchten, dazu hat eine Kopie ausgereicht und würde erforderlichenfalls eine Photographie ausreichen. Da sie es für Kunst hält, wenn das Modell ein freundliches Gesicht macht, so ist ihr mit jeder Art von Reproduktion zu helfen. Die Mona Lisa ist gestohlen und der Nordpol entdeckt worden: ob das Bild falsch war und Herr Cook nicht hingekommen ist, ist gleichgültig. Auf die Begleitumstände der menschlichen Gemeinheit kommt es nicht an. Die Hauptsache ist, daß die Mona Lisa am

unergründlichsten gelächelt hat und daß der Nordpol der nörd-
lichste Punkt ist! Im Drang der Geschäfte begnügt sich die Menschheit mit den Illusionen. Die realen Werte des Lebens gehen ihr doch
nicht verloren. Es sind jene, über deren Erhaltung das Bild des Siegers geheimnisvoll lächelt, wenn es auch nur eine Photographie ist.

Edison

war doch in Wien? Warum hat man nicht die Gelegenheit be-
nützt, ihn zu fragen, ob es nicht schon etwas gebe oder ob er, wenn
es nichts gibt, etwas erfinden möchte, was dem Wiener Beiwagen-
kondukteur ermöglicht, sich dem Motorführer ohne Trompete verständlich zu machen? Oder hat man ihn gefragt und uns die Antwort nur verschwiegen? Nichts ist mir unerfindlich, müßte Edison
geantwortet haben : ich werde es dahin bringen, daß Sie in Wien
diese Frage an mich stellen können, wenn ich in meinem New-
Yorker Laboratorium sitze. Ich werde es dahin bringen, daß ich
Ihren Straßenverkehr in New-York photographiere, weil wir Ame-
rikaner zu wenig Phantasie haben, uns eine Vorstellung davon zu
machen. Wir werden uns die Ansichtskarten von Ihren verfallenen
Schlössern und Basalten selber anfertigen. Nichts ist mir unmöglich.
Aber so weit, daß die Trompete des Wiener Beiwagenkondukteurs,
durch die er sich nicht nur dem Motorführer, sondern auch dem
Passagier und vor allem sich selbst verständlich macht, durch eine
elektrische Klingel ersetzt werden kann – so weit werde ich es nicht
bringen! Meine Erfindung kann eurer Phantasie nicht nachkommen.
Unsre Technik reicht nicht an die Grenzen eurer Persönlichkeit.
Eure Romantik spottet unserer Bequemlichkeit. Wollt ihr die Farbe
aus eurem Leben entfernt wissen? Ist das Leben nicht monoton
genug: wollt ihr auch noch die Trompete eures Beiwagenkondukteurs entbehren? Betrachtet die freudige Spannung, mit der der
Wiener ihm auf den Mund sieht, wenn er ansetzt, um dem Wiener
ins Ohr zu tuten, betrachtet die Würde, mit der er tuten tut, als
wollte er der Welt sagen:»Höchstes Glück der Erdenkinder ist doch
die Persönlichkeit. A so a Motorführer, der glaubt rein, daß er allani
auf der Welt is – aber mir, mir san a wer! ...«

Riedau und Lido

In Riedau war ein Typhusfall, da hetzten sie den Arzt, der ihn an-
zeigte, in den Tod, die Rückständigen. Und da schrieben sie Leitar-

tikel dagegen, die Aufgeklärten. Und ich meinte damals daß wenn an der Riviera viele Blatternfälle seien, die Hoteliers sich mit Annoncen helfen. Und man sagte, das wäre eine Übertreibung. Und es ward Sommer und in Venedig gab es viele, viele Cholerafälle. Da nahmen sie einen großen Haufen Geldes, die Hoteliers und verteilten ihn unter die Aufgeklärten. Und es erschienen ganzseitige Annoncen, in denen erzählt ward, daß Venedig die Königin der Adria, die von Poeten, von Musikern und von Malern begeistert gepriesene Schönheitskönigin der Adria, Venedig, dieser zahllose Kunstschätze bergende Schatz der Natur, Venedig, der historische Liebling der Kulturwelt, Venedig, der Wallfahrtsort der schönheitsdurstigen Menschheit hat zu seinen vielen lockenden Reizen in den letzten Jahren einen neuen gewonnen, den Lido, vornehmsten, schönsten, beliebtesten, schwoll der Strom der Fremden an, Gestade der blauen Adria, Licht, Sonne und Wasser, paradiesisch, Allheilmittel der gütigen Natur, Hermann Bahr, Lügengewebe, Mildenburg, eingehendste Erhebungen, berückend, blühend, erlogene Alarmgerüchte, verleumderische Tatarennachrichten, Gesundheitszustand der glänzendste, Stelldichein pester Gesellschaft, zahlreiche fürstliche Persönlichkeiten, Festprogramm, in ähnlicher Reichhaltigkeit, feenhaft, auf nach Venedig, auf zum Lido! – Und oben war ein Bild mit einem Gondolier. Und die Annoncen erschienen in denselben Blättern, welche die verleumderischen Tatarennachrichten und deren Bestätigung durch die venezianische Ärztekammer gebracht hatten, und es waren Wiener Blätter, die den Satz druckten, daß solche verdächtige Erkrankungen »auch in Wien« vorkommen. Und Gott ließ nicht Pech und Schwefel regnen über eine Stadt, die es erträgt, ohne den Aufgeklärten in die Diebsfratze zu speien.

Die Lage der Deutschen in Österreich

Eben dachte ich daran, daß es Worte gibt, die mir den Aufenthalt in diesem landschaftlich begabten Lande so sehr erschweren. Da ist zum Beispiel das Wort, das die äußere Unordnung des hiesigen Lebens so sehr verschärft: das Wort »Pallawatsch«. Da ist ferner das Wort, das es einem fast zur Pein macht, länger »doder« zu bleiben. Da ist der vollkommen rätselhafte Ausruf, der jeden Stoß oder Fall, den man hierzulande erleidet, zur Katastrophe steigert: »Pumpstinazi«. Da ist jene Bezeichnung für einen gesunden Nachwuchs, die gebieterisch zur Fruchtabtreibung drängt: »Pamperletsch«. Da ist ein Wort, das allem Sinnengenuß den Garaus macht, indem es das höchste Entzücken des Wieners an den weiblichen Brüsten ausdrückt. Während sie nämlich Schiller – als er noch Kraft hatte – für die »Halbkugeln einer bessern Welt« ansah, prägt sich die bezügliche Weltanschauung des Wieners in dem viehisch tastenden Behagen aus, das zur Schöpfung des Wortes »G'spaßlaberln« geführt hat. Es ist ein vernichtendes Wort, eines, das unbedingt in Lebenshaß und Askese treibt. Es drückt die Beziehung des Hausmeisters zum Eros aus und hat mir schon üble Stunden bereitet. Und da es mir beim Anblick des Gesichts, das ein Wirtshausgast machte, als ihn die Kellnerin streifte, einfiel und ich darüber nachdachte, wie es denn komme, daß in keinem andern Idiom der Welt die Welt so häßlich sei – fiel mein Blick auf die Speisekarte. Nicht daß es hier Powidltatschkerln gab, war geeignet, mich dem Hungertod preiszugeben. Ich las ein anderes Wort. Ich erfuhr, daß es die Bezeichnung für ein belegtes Brot sei. Es hieß nicht, wie häufig üblich, nach dem Wirt. Nehmen wir an, der Wirt hieße Stohanzl – ein Name, der mit oft beim Lesen der Wiener Zeitungen aufstieß –, so wäre die Titulatur: Stohanzl-Appetitschnitte eine natürliche Fügung. Wie anders sollte sich denn die Individualität hierorts ausdrücken, als daß man den Wirt nach der Speise oder die Speise nach dem Wirt benennt? Nein, so hieß es nicht, das belegte Brot! Es hieß vielmehr – man wird es nicht erraten – es hieß zu Ehren einer deutschnationalen Tischgesellschaft, auf welche die Kellnerin hinwies, als ich sie nach der Provenienz des Namens fragte. Nun könnte man vielleicht glauben, daß es sich um ein Südmark-Brötchen gehandelt hat. Das wäre ja trist. Aber schließlich, die Politik geht sonderbare Wege und die Lage der Deutschen in Österreich ist etwas, woran man nicht oft genug erinnert werden kann. Nein, nein, so hieß es nicht, das belegte Brötchen. Auf der Karte stand vielmehr – auf der Karte stand: »Südmark-G'spaß 70 Heller«. Ich fürchte, daß ich darüber nicht hinwegkommen werde.

Geduld

Geduld, es kommt jeder dran. Es war ein heißer Sommer, und die Rückstände des Winters müssen auch noch aufgearbeitet werden. Ich vergesse den letzten Wurm nicht, der sich mir auf einem alten Notizblatt krümmt. Alles wird besorgt. Jede Gotteslästerung persönlich genommen und umgekehrt – nur so kommen wir weiter.

Was des Spottes nicht wert ist, wird der höheren Ehre teilhaftig werden, sich als Anstoß der Erkenntnis wiederzuerkennen. Wir kommen ins Reine. Ich verspreche es, die Straßen der Stadt sollen heuer so aussehen, daß man zweifeln wird, ob es bloß Dreck oder Hirn sei.

Angesichts

des folgenden Memorandums, das die Delegierten der außerordentlichen öffentlichen Professoren aller österreichischen Hochschulen dem Parlamente überreicht haben und das von den Worten:

Angesichts des Umstandes, daß die außerordentlichen öffentlichen Professoren an allen Hochschulen bisher – in Widerspruch zu den Besoldungsgrundsätzen, wie sie allgemein für den Staatsbeamtenorganismus gesetzlich festgelegt sind – insofern zurückgesetzt erscheinen, als sie nicht den Gehalt ihrer Rangsklasse (gegenwärtig der siebenten) beziehen, ein Zustand, der gleichermaßen dem Rechte wie der Billigkeit widerspricht; angesichts der weiteren Tatsache, daß auch für die außerordentlichen öffentlichen Professoren beim geltenden Rechtszustande der Kollegiengelderbezug wegfällt, der früher bis zu einem gewissen Grade eine Ausgleichung zwischen dem ihnen gesetzlich zuerkannten und dem ihnen nach ihrer Rangsklasse gebührenden Gehalt bewirkte; angesichts ferner der Entwicklung, die es dazu gebracht hat, daß das Extraordinariat aufgehört hat, durchweg ein Provisorium auszumachen, und sich für allzuviele auch dann zu einem Definitiv gewandelt hat, als für das von ihnen vertretene Fach Ordinariate systemisiert sind, um so mehr aber, wo dies nicht der Fall ist; angesichts des unleugbaren Umstandes, daß eine materiell mehr als bisher gesicherte Stellung die unerläßliche Voraussetzung für wissenschaftliche Arbeit, für die Lehre gleichermaßen wie für die Forschung bildet; angesichts schließlich der herrschenden Teuerungsverhältnisse, die in allen Staatsbeamtenkategorien das Streben nach Besserung ihrer materiellen Lage ausgelöst haben und natürlich um so mehr das Streben der außerordentlichen öffentlichen Professoren nach Zuerkennung der Bezüge gerechtfertigt erscheinen lassen, die ihnen nach ihrer Rangsklasse gebühren, fordern die Delegierten der außerordentlichen öffentlichen Professoren aller österreichischen Hochschulen eine Änderung des gegenwärtigen Rechtszustandes im folgenden Sinne: Die außerordentlichen öffentlichen Professoren aller Hochschulen stehen in der der Rangsklasse der Ordinarien nächstfolgenden Rangsklasse und beziehen nebst der systemmäßigen Aktivitätszulage den Stammgehalt ihrer Rangsklasse (beim gegenwärtigen Rechtszustande also 4800 K) und drei annähernd gleiche Quinquennalzulagen, die für sämtliche außerordentlichen öffentlichen Professoren, mag nun ihre Besoldung gleich von ihrer Ernennung an oder erst in einem späteren Zeitpunkt eingetreten sein, vom Ernennungstage an –

bis zum Ende dieses Satzes zu lesen bis jetzt nicht möglich war, so daß die weiter unten stehende Bitte um Einleitung der nötigen Schritte zur Verwirklichung obenstehender Wünsche möglicherweise unerfüllt geblieben ist, sowie angesichts des Umstandes, der ein Zustand ist, der gleichermaßen der Grammatik wie der Lebensfreude widerspricht; angesichts des Umstandes, daß beim geltenden Zustande alles wegfällt, was früher bis zu einem gewissen Grade eine Ausgleichung zwischen dem ihnen offiziell zuerkannten und dem ihnen nach ihrer Rangsklasse gebührenden Bildungsgrade bewirkte; angesichts ferner der Entwicklung, die es dazu gebracht hat, daß das schlechte Deutsch längst aufgehört hat, ein Provisorium auszumachen, und sich für allzuviele auch dann zu einem Definitivum gewandelt hat, als sie Hochschulprofessoren geworden sind, umso mehr aber, wo dies nicht der Fall ist; angesichts des unleugbaren Umstandes, daß eine grammatikalisch mehr als bisher gesicherte Stellung die unerläßliche Voraussetzung für wissenschaftliche Arbeit, für die Lehre gleichermaßen wie für die Forschung bildet; angesichts schließlich der herrschenden Teuerungsverhältnisse, die in allen Staatsbeamtenkategorien die Anschaffung einer deutschen Grammatik vor der Abfassung eines deutschen Memorandums unerschwinglich gemacht und natürlich umso mehr das Streben der außerordentlichen öffentlichen Professoren nach Zuerkennung eines Bildungsgrades, der ihnen nach ihrer Rangsklasse gebührt, erschwert haben, fordere ich für die Delegierten der außerordentlichen öffentlichen Professoren aller österreichischen Hochschulen eine Änderung des gegenwärtigen Zustandes im folgenden Sinne: Die außerordentlichen öffentlichen Professoren aller Hochschulen stehen auf der der außerordentlichen Bildungsstufe der öffentlichen Volksschulen aller Volksschulen nächstfolgenden Bildungsstufe und beziehen, mag nun ihre stilistische Unfähigkeit gleich von ihrer Ernennung an oder erst in einem späteren Zeitpunkt eingetreten sein, eine Quinquennalzulage zum Bezuge eines ordentlichen geheimen Unterrichts. Damit nämlich nicht angesichts dieser Umstände Zustände einreißen, die angehörs eines solchen Memorandums möglicherweise nicht zu der Einleitung der nötigen Schritte zur Verwirklichung obenstehender, aber sonst berechtigter Wünsche führen könnten, umso mehr aber, wo dies nicht der Fall ist!

Ein weitverbreitetes Mißverständnis

ist der Glaube an meine Feindseligkeit. »Sie zu überzeugen, versuche ich nicht. Aber ich darf trotzdem sagen, daß Sie mir in meinen Motiven und Absichten Unrecht tun.« Oder: »Ich gestehe, daß es mich kränkt, daß Sie mir mit solchem Übelwollen, ja mit solcher Feindseligkeit gegenüberstehen.« Welches Vorurteil! Ich stehe niemand in der Welt gegenüber und bin das Wohlwollen selbst. Ohne Ansehen der Person reagiere ich auf Geräusche, und interessiere mich nicht für die Richtung, aus der sie kommen. Wäre der Inhalt meiner Glossen Polemik, so müßte mich der Glaube, die Menge der Kleinen dezimieren zu können, ins Irrenhaus bringen. »Sie haben mich kürzlich zum Objekt Ihrer Satire genommen«, schreibt einer, streicht »genommen« und setzt dafür »gewählt«. Ich aber kann mit ruhigem Gewissen sagen, daß ich mir noch nie einen zum Objekt meiner Satire genommen oder gar gewählt habe. Hätte ich da etwas dreinzureden, so wäre ich nicht Satiriker und würde eine bessere Wahl treffen. Denn die Satire wählt, nimmt und kennt keine Objekte. Sie entsteht so, daß sie vor ihnen flieht und sie sich ihr aufdrängen. Die Würdigkeit der Objekte mag den Wert der Polemik bestimmen; aber Name oder Andeutung eines Kleinen, oder was irgend von ihm in einer Satire steht, ist Kunstelement. Wie ein Schneuzen, wie die Trompete eines Beiwagenkondukteurs oder wie sonst etwas, das ich mir nicht wähle; wie sonst ein Stoffliches, von dem ich den Stoff nicht wähle, sondern abziehe. Kann ich dafür, daß die Halluzinationen und Visionen leben und Namen haben und zuständig sind? Kann ich dafür, daß es den Münz wirklich gibt? Habe ich ihn nicht trotzdem erfunden? Wäre er Objekt, ich wählte anders. Erhebt er Anspruch, von der Satire beleidigt zu sein, beleidigt er die Satire. Außerhalb dieser mag er ein Dasein haben, aber keine Berechtigung . Der Leumund mag in Ordnung sein, kommt aber für die Satire nicht in Betracht. Motive und Absichten prüfe ich nicht. Die sind unbesehen gut oder schlecht. Nichts ist der Satire egaler. Die Polemik kann es als Einmischung in ihr Amt empfinden, wenn das Objekt sie zu überzeugen versucht, oder sie mag mit sich reden lassen wie ein Amt. Der Satire Vorstellungen machen, heißt die Verdienste des Holzes gegen die Rücksichtslosigkeit des Feuers ins Treffen führen. Nun muß ja freilich der Brennstoff kein Verständnis für die Wärme haben und der Anlaß mag sich so weit überschätzen, daß er sich durch die Kunst beleidigt fühle. Aber das Verhältnis der Satire zur Gerechtigkeit ist so: Von wem man sagen kann, daß er einem Einfall eine Einsicht geopfert habe, dessen Gesinnung war so schlecht wie der Witz. Der Publizist Ist ein Lump, wenn er über den Sachverhalt hinaus witzig ist. Er steht einem Objekt gegenüber, und wenn dieses der polemischen Behandlung noch so unwürdig war, er ist des Objektes unwürdiger. Der Satiriker kann nie etwas Höheres einem Witz opfern; denn sein Witz ist immer höher als das was er opfert. Auf die Meinung reduziert, kann sein Witz Unrecht tun; der Gedanke hat immer Recht. Er stellt schon die Dinge und Menschen so ein, daß keinem ein Unrecht geschieht. Er richtet die Welt ein, wie der Bittere den verdorbenen Magen: er hat nichts gegen das Organ. So ist die Satire fern aller Feindseligkeit und bedeutet ein Wohlwollen für eine ideale Gesamtheit, zu der sie nicht gegen, aber durch die realen Einzelnen durchdringt. Das Lamentieren ist unnütz und ungerecht. Die sich beleidigt fühlen, unterschätzen mich; sie halten sich für meine Objekte, und da fühle ich mich beleidigt.

Wahrung berechtigter Interessen

Aus Leitmeritz, 27. d., wird uns berichtet: Heute stand vor dem hiesigen Geschworenengerichte der Fabriksarbeiter Wenzel Proksch in Tetschen unter der Anklage, am 29. Oktober in Tetschen im öffentlichen Haus des Markus Bloch die Prostituierte Marie Ungermann in mörderischer Absicht gerötet zu haben. Am 29. Oktober abends kam in das Haus des Markus Bloch in Tetschen ein junger Mann, der mit der Prostituierten Ungermann auf deren Zimmer ging. Kurz darauf ertönte aus dem Zimmer die elektrische Klingel. Die Wirtschafterin Wendel eilte zur Zimmertür und hörte ein Stöhnen. Gleich darauf stürzte ein junger Mann aus dem Zimmer, dessen Tür offen stand. Sie drehte das elektrische Licht auf und sah nun vor dem Sofa die Ungermann in einer Blutlache liegen. Die herbeigerufenen Ärzte konnten nur den bereits eingetretenen Tod des Mädchens konstatieren. Trotz eifriger Recherchen gelang es in den ersten Tagen nach der Tat nicht, des Täters habhaft zu werden. Am 1. November stellte er sich jedoch selbst dein Gerichte. Der Täter Wenzel Proksch gab vor dem Untersuchungsrichter an, er sei am 28. Oktober abends bei der Ungermann gewesen und habe ihr zwei Kronen gegeben. Am nächsten Morgen hätten ihm seine Eltern das leere Portemonnaie gezeigt, wodurch er zur Überzeugung gelangt sei, daß ihm die Ungermann vier Kronen genommen habe. Im Arger über den Verlust des Geldes faßte er den Entschluß, sich an der Prostituierten zu rächen. Er nahm ein Küchenmesser, steckte es in die Rocktasche und ging in das Haus und wartete auf das Mädchen. Als sie herauskam, habe sie ihn aufgefordert, mit in ihr Zimmer zu gehen. Er sei sofort mit ihr gegangen, um sie zu töten. Die Prostituierte habe die Tür des Zimmers verriegelt, Licht gemacht und wollte sich entkleiden, wobei sie ihm mit dem Rücken zugekehrt war. *In diesem Augenblick habe er ihr einen Stich in den Rücken versetzt und dann noch mehrere Stiche gegen sie geführt, bis sie zusammengestürzt sei. Während er sie mit dem Messer bearbeitete,* sei jemand zur Tür gekommen, weshalb er auf Flucht und Rettung bedacht gewesen sei. Er habe das Messer weggeworfen, das Licht verlöscht, die Tür aufgerissen und sei geflohen. Er sei nach Hause gelaufen, habe sich in der Waschküche die blutigen Hände gewaschen, den blutigen Rock habe er in den Schrank gehängt und Tags darauf, als er allein daheim war, gewaschen und gebügelt. Da ihm sein Gewissen keine Ruhe gelassen, habe er am 30. Oktober mittags seinen Eltern alles mitgeteilt, einen Revolver gekauft, sei auf den Friedhof gegangen, habe aber nicht den Mut gefunden, sich zu erschießen. Über Anraten seiner Eltern habe er sich dem Gerichte gestellt. – Die Sachverständigen erklärten in einer zweistündigen Darlegung Proksch für geistig gesund. Den Geschworenen wurden zwei Hauptfragen vorgelegt. Die erste auf *gemeinen Mord* wurde mit *neun Stimmen verneint,* die zweite wegen Übertretung des *unbefugten Waf-*

fentragens wurde *mit zehn Stimmen verneint*. Auf Grund dieses Verdiktes wurde Proksch *freigesprochen*.

Urteilsbegründung: A Hur war's

Und nie, solange diese Welt lebt, wird die Urteilsbegründung anders lauten ... Mit Messern in den Rücken – no ja, bei dem Lebenswandel Herr Obmann, sagen S' is des a Wunder? San mer froh, daß mer keine Menscher nicht sein, wos? Hehe! Aber was unsereiner riskiert! Wenn im Börsel nacher vier Kranln fehlen, wann man von so einer kommt Herr Nachbar, das spürt man am eignen Leib, das kann jedem von uns passieren. Wär net schlecht. Daß das überhaupt geduldet wird, wo es doch im Gesetzbuchö oosdrücklich steht, wer Schanddirnen beherberget. Neen, da verneene ich die Schuldfrage ... Und wegen Betrugs war die Ungermann nicht mehr zu fassen. Das Urteil ist ein ethisches Bekenntnis. Der Mord wird nicht bestraft, sondern belobt, denn ausdrücklich wird anerkannt, daß auch die Übertretung des Waffenpatents gegen eine Prostituierte erlaubt ist. Ein Fall der Notwehr. Hätte der Bursch einen Stein gegen einen Wachmann geworfen, unter einem Jahr wär's nicht abgegangen. Unter sieben nicht, wenn er einen Justizminister verfehlt hätte. Der hungrige Altersgenosse, der einer Frau die Handtasche zu entreißen versucht hat, bekam lebenslänglichen Kerker. Die höhere Instanz machte zwölf Jahre draus; die Tuberkulose vier. Der Delinquent ist tot und sein Richter hat einen schlechten Schlaf. Das Tier, das eine Frau, nicht zur Lust, aber so oft in den Rücken stach, als ihm Kronen in der Tasche fehlten, wird frei herum gehen. A Hur war's, Leitmeritz ist eine deutsche Stadt, die Sprachenfrage ist wichtig, die Justiz ist eine Institution, das Schwurgericht ist ein Korrektiv, und die Lage der Deutschen in Österreich ist kein Messer in den Rücken wert.

Endlich

»... jene Fußgeher, die von der Wache *zeitunglesend* auf der Fahrbahn betreten werden, sind von der neuen Verkehrsordnung mit Strafen bedroht.«

Ich habe nie ein Hehl daraus gemacht

daß Präservativ-Annoncen der einzige anständige, vernünftige und geschmackvolle Beitrag sind, den die Tagespresse jahraus jahrein aufzuweisen hat. Aber da sie selbst nicht dieser Ansicht ist und vorn gratis verleugnet, was sie hinten für Geld vertritt, so ist die, wie die Moral sagt, »gewisse« Annonce ein Bild der Widerwärtigkeit, verschärft in dem Falle, wo es als Schutzmarke einen Offizier aufweist, der sich, um die Sache schmackhafter zu machen, den Schnurrbart streicht. Dieses ist »Olla«. Ein Problem der sozialen Nützlichkeit vertieft sich in die maßlos häßliche Vorstellung, daß die Abonnenten der Neuen Freien Presse von der Empfehlung Gebrauch machen. Und tatsächlich steht in fetten Lettern zu lesen:

10 000 Stück »Olla«! Gratis! Um »Olla« allen intelligenten Schichten des P. T. Publikums zugänglich zu machen und die Konsumenten zu überzeugen ... von keiner einzigen anderen Marke auch nur annähernd erreicht ... haben wir uns entschlossen, an jeden Interessenten, der seine volle Adresse (Name und Beruf) angibt, ein Stück gratis und franko abzugeben ...

Die Plastik dieser Vorstellung ist atemberaubend. Alle sehen sie jetzt so aus, als ob sie bezogen hätten, die Herren auf dem Korso, im Parkett und überall wo Lebensfreude ist. Dazu tritt die Gewißheit, daß die Firma, wenn sie noch etwas mehr Geld springen läßt, die namentliche Anführung jedes der zehntausend entzückten Empfänger an jener Stelle, wo sie sonst kondolieren durften, durchsetzen kann. Denn vorne macht sich ja nur darum die Sittlichkeit breit, weil die Pachtung dieser Rubriken den Gummifirmen zu teuer käme. Aber es mag ihnen genügen, sich auch hinten den intelligenten Schichten des Publikums verständlich machen zu können und sie für den Verlust der Mona Lisa auf die passendste Art zu entschädigen ... Wenn sie so ihre Andacht verrichten – die einzige, deren sie noch fähig sind – in diesem einzigen Augenblick, wo ihre Intelligenz ausgeschaltet ist – in ihres Betts blutschänderischen Freuden, da, wo der Gummikönig sich zum Gebete kniet – ich wäre der Hamlet, kurzen Prozeß zu machen!

Der kleine Brockhaus

Wo wird die Mutter sein, die uns Erwachsenen die Stirn hält, wenn wir einmal die ganze Bildung von uns geben! Was mir dort im Leben widersteht, nehme ich in meinen Traum herüber, und da hatte ich kürzlich etwas Fieber und dachte, jetzt, ach, jetzt müßte ich

den kleinen Brockhaus brechen. Ich befreie mich in diesen Über-
gängen vom Wissen zum Vergessen, wo Gottes Finger mir im Halse
steckt, und sein Auge ist in jedem dieser Gesichter, die nachsehen
kommen, ob wir schon schlafen: sie erstrahlen, wenn wir zu wissen
aufhören, und erlöschen, wenn wir zu träumen beginnen. Eine
Drucksorte war meiner Hand entsunken, auf der stand, daß der
kleine Brockhaus 1911, Preis jedes Bandes 12 M., soeben erschienen
sei. Wie nun noch aufhören, zu wissen? Die Bildung besteht aus
2100 Textseiten, 80 000 Stichwörtern, 168 Beilagen, 4500 Abbildun-
gen, 128 Tafeln, 431 Land- und Situationskarten, der Preis ist nied-
rig für das unermeßliche Kapital an Aufklärung, das der Erwerben
gewinnt, elegant in Halbleder, Unterzeichneter bestellt hiermit, in
monatlichen Raten, das Nichtgewünschte bitte zu durchstreichen.
Wie groß ist doch die Welt, wenn sie nur bietet, was auf dieser Mus-
terkarte Platz hat. Siehe, da war die Behrsche Einschienenbahn zwischen Listowel und Ballybunnion und die Statue des Augustus, die
Reibungs-Elektrisiermaschine und Raphaels Papst Julius II., der
Lastenzug für die deutschen Kolonien mit 40-50pferd. Spiritusmo-
tor und das Kapitol in Washington, und alles andere. Mit einem
Wort: der kleine Brockhaus ist »der Phönix unter allen Nachschla-
gewerken«. Und wer ihn auswendig gelernt hat, dem könnte kein
besserer Satz gelingen, um ihn zu bezeichnen. Und alle brauchen
ihn. »Der Beamte in seinem Büro oder am Schalter, der Gelehrte
zwischen seinen Büchern, der Kaufmann an seinem Pult und im
Verkehr mit der Kundschaft, der strebsame Angestellte hinter dem
Ladentisch und das Fräulein an der Schreibmaschine, der Lehrer
unter den fragenden Schülern, der Landwirt, der die Zeitung liest,
und der Reisende, der sich nicht verblüffen lassen will, jedermann
braucht den kleinen Brockhaus ...« Wie durch die hohle Gasse zie-
hen sie alle ihres Weges fort an ihr Geschäft und meines ist der
Mord. Aber sind sie nicht alle ein- und derselbe? Verschmelzen sie
nicht zwischen Büro und Zeitung zu dem einzigen Typus, der nach-
schlägt, weil er sich nicht verblüffen lassen will, und der verblüfft,
weil er nachschlagen kann? Oh, wie schlecht ist mir von all dem.
Ein Phönix! Ich lasse mich nicht verblüffen, ich schlage nach, das ist
der Sonnenvogel, ein fabelhafter ägyptischer Wundervogel, der 500
Jahre leben, dann auf einem von ihm selbst bereiteten Lager sich
verbrennen und aus seiner Asche verjüngt wieder ... »Daher ist sein
Platz an der Seite jedes arbeitsamen Menschen, der den Anforde-

rungen seines Berufes gerecht werden will und kein beschämenderes Wort kennt als das Eingeständnis: Das weiß ich nicht.« – Ich schäme mich zu schlafen, seitdem ich diesen Satz gelesen habe. Denn sie fangen jetzt an, schon zu wissen, wie man zu träumen hat. Und es gibt nicht Nacht mehr und Nebel, nicht Schleier noch Schatten. Und ich schäme mich zu sterben, seitdem ich diesen Satz gelesen habe. Denn ein Reisender, der sich nicht verblüffen lassen will, wird sich über mich neigen und mir die Augen schließen

Jene elegant gekleidete Dame

die in der Sylvesternacht »an der Ecke der Kärntnerpassage ein lebendes Glücksschweinchen, das seinen Neujahrsgruß durch Quieken ausdrückte, aus dem Fenster gehalten und grüßend geschwenkt hat«, die möchte ich, so abgeschlossen ich lebe, doch noch kennen lernen!

Kokoschka und der andere

Der deutsche Kunstverstand wird jetzt, wie sichs gebührt, von einem hineingelegt, der das Talent hat, sich mit dem Blute eines Genies die Finger zu bemalen. Das ist immer so. Hier hockt eine Persönlichkeit, und draußen bildet sich sofort die Konjunktur, die der andere ausnützt, der laufen kann: die Cassirer der Kunst können es nicht erwarten, dem unrechten Mann die Quittung auszustellen. Das Talent weiß, daß es durch eben das anzieht, wodurch das Genie abstößt. Dieses ist der Schwindler, jenem glaubt man's. Und es versteht sich fast von selbst, daß über einen, der nicht Hand und Fuß hat, aber gestikulieren und laufen kann, eine Monographie geschrieben wird, in der der Satz steht: »Die farbige Ausdeutung der Erscheinung ist von erlauchter Nachdenklichkeit.« Das war immer so. Den Künstler beirrt es nicht und darf es nicht kränken, daß von eben dem Haß und dem Unverstand, der seines Wertes Spur verrät, der Nachmacher sich bezahlt macht. Aber freuen darf es ihn, daß Else Lasker-Schüler – der man auch noch lange die vielen vorziehen wird, die's von ihr haben werden – den folgenden Brief, an den andern, veröffentlicht hat:

»Ihre ostentative Kleidung hat mir Freude gemacht dem eingefleischten Publikum gegenüber. Es lag nicht nur Mut, auch Geschmack darin. Ich ging doppelt gerne mit Ihnen nach München in Ihre Bilderausstellung, aber es hingen nicht Ihre Bilder an den

Wänden, sondern lauter Oskar Kokoschkas. Und da mußten Sie gerade mich mitnehmen, die Ihr Original kennt. Hielten Sie mich für so kritiklos – oder gehören Sie zu den Menschen, die Worte, Gebärden des Zweiten anzunehmen pflegen, darin sie verliebt sind? Sie sind, nehme ich an, in Kokoschka verliebt und Ihre Bilder sind abgepflückte Werke, darum fehlt ihnen die Wurzel. Das Bild Heinrich Manns hat mir ausnehmend gefallen wie eine glänzende Kopie und ich sah in seinen Farben und Rhythmen außer dem Schriftsteller auch den Maler Oskar Kokoschka, nicht Sie ... Man kopiert doch ehrlich in den Museen die alten Meister und setzt nicht seinen Namen darunter. Kokoschka ist ein alter Meister, später geboren, ein furchtbares Wunder. Und ich kenne keine Rücksicht in Ewigkeitsdingen. Sie sollten auch pietätvoller der Zeit gegenüber sein ...«

Das sehe ich nicht ein. Die Zeit, die die Originale verschmäht, hat es nicht besser verdient, als von den Kopisten beschlafen zu werden. Ich verstehe wahrscheinlich von Malerei weniger als jeder einzelne von jenen, die das Zeug haben, sich von berufswegen täuschen zu lassen; aber von der Kunst sicher mehr als sie alle zusammen. Hier fühle ich, sehe, was geboren ist, und kenne meine Oppenheimer.

Ich habe gelesen

daß es ein Couplet vom »Drahdiwaberl« gibt. Verhindert hat es keiner von den Freunden, die angeblich für mich durchs Feuer gehen – nur verschwiegen. Feigheit, nicht Rücksicht, die mir das Äußerste ersparen will, nenne ich das Vorgehen, es erst zum Äußersten kommen zu lassen und dann mir die Kenntnis vorzuenthalten. Das Leben ist schwer, aber wenn ich leben soll, um geschont zu werden, hätte ich mirs früher überlegt. Jetzt, wo sich herausstellt, daß es wirklich ein Ding wie ein Drahdiwaberl gibt, bestehe ich unbedingt darauf, es kennen zu lernen. Ich erinnere mich noch, wie es mich gepackt hat bei dem Parlamentsbericht, der den Zwischenruf enthielt: »Rrrtsch – abidraht!« Ich bekam sofort 4o Grad und mußte nach dem Süden geschickt werden. Das jetzt ist ärger. Die Freunde sind zartfühlend, aber die Feinde verstehe ich vollends nicht. Es gibt Worte in Wien, die man mir nur bei gegebener Zeit eingeben muß, um vor mir Ruhe zu haben. Nun aber die Vorstellung, daß ein Radibua ein Drahdiwaberl abidraht – damit kann man mich noch aus der Hölle treiben.

Blutiger Ausgang einer Faschingsunterhaltung

Seit vielen Jahren gehört nebst dem Narrenabend des Männergesangvereins, dem Gschnasfest der Künstlergenossenschaft und dem Narrenabend des Schubertbunds die Verteilung des Bauernfeldpreises zu den Faschingsunterhaltungen, in denen der Humor der Wiener Bevölkerung sich an tollen Kapriolen und ausgelassenen Einfällen nicht genug tun kann. Namentlich die Verteilung des Bauernfeldpreises, bei der sich die Jugend das Tanzrecht erobert und das fröhliche Maskentreiben seinen Höhepunkt erreicht, übt als die traditionelle Gelegenheit zur Entfaltung des Frohsinns und der heiteren Laune eine durch die Jahre unverminderte Anziehungskraft aus. Veranstaltet wird der Ulk von den Herren Minor, Professor der Literaturgeschichte, Ritter von Stadler, Sektionschef im Unterrichtsministerium, Intendant Gregori, Redakteur Kalbeck und Advokat Weissel. Die Preise werden so verteilt, daß immer von jenen, die es nicht nötig haben, und von jenen, die nichts dafür können, die allerbesten ausgesucht und zum allgemeinen Gaudium, sei es als die bedürftigsten oder als die bedeutendsten Dichter des Jahres vorgeführt werden. Armut und Talent werden in einem Sinne geehrt, der den Karnevalsverpflichtungen durchaus gerecht wird, indem die Preisrichter der Vereinfachung halber jene aus der Masse der Teilnehmer herausnehmen, die durch Talentarmut prädestiniert sind. Unter unbeschreiblichem Halloh vollzieht sich jedesmal das Bauernfeldtreiben, und der Rädelsführer Minor muß es sich gefallen lassen, daß die ganze Dorfjugend ihn neckend, unter scherzhaften Verwünschungen und indem sie ihn am Barte zupft, in das Seminar zurücktreibt. Diesmal wäre aus dem Scherze beinahe blutiger Ernst geworden. Ich habe nämlich gegen meine sonstige Gepflogenheit, die mich davon abhält, etwas mitzumachen, dem Jux beigewohnt und geriet in eine derart besinnungslose Wut, daß es erst begütigender Zurufe bedurfte, um mich vom Äußersten abzubringen. Ich kam eben dazu, als die Preisrichter in ihrer Vermummung – Herr Kalbeck trug einen Schlapphut, Herr Minor seinen natürlichen Vollbart – auf die Estrade traten und verkündeten, ein Vertreter der Manufakturbranche namens Salten und ein reicher Seidenfabrikant namens Trebitsch seien die preiswürdigsten Dichter des Jahres. Man sah mir sofort an, daß ich einem Blutsturz oder einer Gewalttat nahe war, und um beides zu verhindern, rief man mir zu, es sei nur zum Spaß. Aber noch ein solcher Spaß und ich kann für nichts gut stehen. Mit solchen Dingen spaßt man nicht. Träume sind auch nur ein Spaß. Aber wenn ich einmal davon träumen sollte, daß Herr Salten, der sich leicht tausend Kronen verschaffen kann, indem er ein Akzept auf eine Renaissancenovelle oder einen Wechsel auf ein Altwiener Libretto gibt, gekrönt wurde, ich wäre bös auf den Tag, der solchen Traum ablöst, und ich verwünschte die Weltordnung, die auch nur als Halluzination die Krönung des Dichters Trebitsch zuließe. Viele leiden Hunger und manche sind begabt. Was ist das für ein satanischer Betrug, auch nur den Gedanken herbeizuführen, geschickte oder reiche Leute könnten als Dichter belohnt werden? Da aber setzte sich der Spaß fort. Trebitsch erkannte, daß er genug habe, und verteilte das Geld unter die armen Leute. Das war sehr anständig von ihm, und die Preisrichter – zum Spaß – machten verdutzte Gesichter. Denn sie hatten nicht gewußt, daß Trebitsch reich sei, sie hatten nur geglaubt, daß er ein Talent sei. Ich ärgerte mich aber sehr, daß er nicht – zum Spaß – auch die Ehre zurückwies, welcher er sich bei einigem Nachdenken nicht für würdig erachten konnte. Ich dachte an Peter Altenberg, der, ein Dreiundfünfzigjähriger, am Vorabend des Festes eine lyrische Skizze veröffentlicht hat, deren letzter Beistrich – im Ernst – alles erledigt, was seit zehn Jahren in Österreich – zum Spaß – den Bauernfeldpreis bekommen hat. Warum, fragte ich mich im Ernst, machen sich die Veranstalter nicht einmal den Spaß, Peter Altenberg, der kein Spaßverderber ist, den Bauernfeldpreis, den ganzen, in der Höhe von fünftausend Kronen, zu verleihen? Sie fürchten, man würde sie ernst nehmen, und das Fest wäre gestört? Dann gibt es aber noch eine Möglichkeit, um in Ehren weiterleben zu können und sich im Alter nicht nachsagen lassen zu müssen, daß man sein Leben mit Gschnasfesten verbracht habe. Man erschieße sich. Ich fordere die Herren Minor, Ritter von Stadler, Gregori, Kalbeck und Weissel, die sich einen Jux machen wollten, hiermit auf, dies zunächst öffentlich und ausdrücklich zu erklären. Als Herr Leo Feld gekrönt wurde, hat man Tränen gelacht. Die Sache ist diesmal vielfach ernst genommen worden. Sie sollen sagen, daß es nicht so gemeint war. Sie sollen mit Bedauern die Bauernfeldpreise zurückziehen und erklären, daß sie nicht in der Lage sind, den Wahrheitsbeweis anzutreten. Oder sie sollen, wenn sie das nicht über sich bringen, zu fünft ein Hotelzimmer mieten und den Selbstmord, den sie durch Verteilung des Bauernfeldpreises markiert haben, vollziehen.

Ich glaube an den Druckfehlerteufel

»Ein bis jetzt unbekanntes Trauerspiel von Shakespeare wurde jüngst im Inseratenteil einer in St. Gallen erscheinenden Zeitung angekündigt. Es hieß nämlich dort, daß im Stadttheater von St. Gallen zur Aufführung gelange: »König Lehar«, Trauerspiel in fünf Aufzügen von W. Shakespeare.«

Da gibts gar nichts zu lachen. Es ist grauenhaft. Der Setzer hat keinen Witz machen wollen. Das Wort, das er nicht zu setzen hat, die Assoziation, die ihm in die Arbeit gerät, ist der Maßstab der Zeit. An ihren Druckfehlern werdet ihr sie erkennen. Was hier zu lesen war, i s t ein Shakespeareches Trauerspiel.

Stilblüten sammeln

sollte nur, wer ein Liebhaber ist. Sie auszujäten zeugt von einem schlechten Geschmack, von einem, der da wünscht, daß in der Zeitung nur korrekte Phrasen wachsen. Stilblüten sind die glücklichen Ausnahmen, deren wir in der Wüste der Erkenntnis begegnen. Und ist es nicht von einer ergreifenden Symbolik, wenn einer Zeitung der Satz gelingt:

> »Sterbend wurde sie ins Spital gebracht, wo sie einem toten Kinde das Leben gab.«

Geschieht das nicht unser aller gemeinsamen Liebsten, der Kultur? Sterbend wurde sie in die Redaktion gebracht und gebar die Phrase. Ach, wer doch dem toten Kind das Leben gäbe! Er würde die Mutter retten.

In der Werkstatt

den Dichter zu zeigen, ist ein Problem der modernen Photographie. Die meisten widersetzen sich, weil sie sich schämen, in Anwesenheit des Photographen schöpferisch tätig zu sein, oder weil sie es dann einfach nicht könnten. Der Dichter hat am Schreibtisch nichts zu suchen, wenn der Photograph kommt, aber dieser will gerade, daß der Dichter am Schreibtisch sitzt. Über die Schwierigkeit, die sich hiedurch ergibt, ist vorläufig nicht hinwegzukommen, und die illustrierten Zeitschriften, denen es wohl gelingen mag, die Minister beim Regieren zu erwischen, verzweifeln an der Aufgabe, ihrem Publikum zu zeigen, wie sich die Dichter beim Schreiben benehmen. Nur in Ausnahmsfällen hat der Photograph Glück und kriegt den Moment zu fassen, wo die Produktion sich ungestört von der Aufnahme vollzieht. Eine Berliner Zeitschrift hat Herrn Hugo v. Hofmannsthal in seinem Heim vorgeführt. Der Dichter sitzt am Schreibtisch und liest ein Buch.

Eine besondere Überraschung zu Ostern

Gedichte von Ludwig Fulda, Hugo Salus, Siegfried Trebitsch, Paul Wertheimer, Paul Wilhelm – aber das sind alles Namen, die man kennt und schätzt und die schon die Suggestion der Gediegenheit mit sich bringen. Und von wem noch? Nun, und – und –

zwei Gedichte eines noch Unbekannten

Das muß ein Gefühl sein, wenn man so entdeckt ist! Man sitzt im Café, sieht, wie alles mit Fingern irgendwohin zeigt, und muß sich nicht zu erkennen geben. Wer es ist? Ja, das möchten sie jetzt alle wissen. Auf der Straße haben sich Gruppen gebildet. Noch so unbekannt und schon so talentlos! Wer kann das nur sein? Nun, ich weiß etwas. Man versuche in Gegenwart von Leuten, die einem noch unbekannt sind, das Wort »Schmarren« vor sich hinzumurmeln. Wird er rot, so hat man ihn.

Interview mit einem sterbenden Kind

Ich habe dieses hier zu Gesicht bekommen:

Die Tragödie einer kranken Mutter

Springt mit zwei Kindern aus dem vierten Stock.

Mutter und Kinder tot

Das furchtbare Familiendrama, das sich gestern morgens im Hause Stefaniestraße 2 im II. Bezirk abgespielt hat, erregte allgemein die größte Teilnahme. Die 30jährige Reisendensgattin Paula Deixner ist in Abwesenheit ihres Gatten, der sich auf Reisen befindet, mit ihrem dreijährigen Sohne Egon aus einem Fenster ihrer im vierten Stock gelegenen Wohnung auf die Straße gesprungen und ihr älterer Sohn, *der neunjährige Paul*, ist der Mutter unmittelbar darauf gefolgt, Mutter und Kinder haben den Tod gefunden.

Was sich in der Wohnung der Familie abgespielt hat, *weiß man nur aus einer Darstellung des armen Paul, der seine Mutter und seinen Bruder nur um wenige Stunden überlebt hat*. Es war einige Minuten nach 1/2 7 Uhr morgens, als der Sicherheitswachmann Karl Aiginger ... fand Frau Deixner mit ihren Kindern im Blute liegend ... Während Frau Deixner und der kleine Egon bewußtlos waren, befand sich Paul, der ältere der Knaben, trotz mehrfacher schwerer Verletzungen bei vollem Bewußtsein und *gab die folgende Darstellung der Schreckenstat.*

Was der kleine Paul erzählte

Die Mutter, die seit einiger Zeit krank war und seit gestern abends eine Pflegerin hatte, erwachte heute früher als sonst. Sie klagte über Schmerzen und bat die Pflegerin, ihr einen Tee zu kochen. Während die Krankenpflegerin in der Küche den Tee bereitete, sagte die Mutter:

»Paulchen, ich werde mit Egon aus dem Fenster springen. *Spring Du mit!*«

Ich fragte: »Warum denn, Mutter?«

Darauf sagte sie: »Wir wollen nicht länger leben!«

Der Knabe erzählte dann, von fortwährendem Schluchzen unterbrochen, daß er um Hilfe rufen wollte. Da habe die Mutter ihm gedroht, sofort mit Egon aus dem Fenster zu springen. Dann habe sie ihm wieder zugeredet und habe unter anderem gesagt:

»Paulchen, was wirst Du mit Papa allein machen, wenn Egon und ich nicht mehr da sind?«

Bevor der Knabe noch eine Antwort gab, riß die Mutter das Fenster auf, stieß den kleinen Egon vom Fensterbrett und stürzte sich gleichzeitig selbst in die Tiefe. Ohne zu wissen, was er tat, schwang sich nun auch Paul auf das Fensterbrett und *stürzte sich mit dem Rufe* »Mutter!« *ebenfalls aus dem Fenster.*

Fast gleichzeitig sausten Mutter und Kinder zur Erde nieder und als im nächsten Augenblicke Passanten und Nachbarn sich um sie bemühten, gaben Frau Deixner und das jüngere der Kinder keine Lebenszeichen mehr von sich.

In der Wohnung hatte man nichts gemerkt

Als eine Minute später der Wachmann Aiginger in der Wohnung der Familie Deixner anläutete und das Dienstmädchen öffnete, hatte weder dieses, noch die Krankenschwester eine Ahnung davon, was sich soeben abgespielt hatte ... Bald darauf erschien die Freiwillige Rettungsgesellschaft mit Inspektionsarzt Dr. Silber und die Verletzten wurden auf die zweite Unfallstation überführt. Kurze Zeit nach der Aufnahme starb Frau Deixner, eine halbe Stunde später der kleine Egon *und um 12 Uhr mittags folgte ihnen Paul in den Tod ...*

Er hatte, wie der Telegraphist der Titanic bis zum letzten Augenblick seinen Dienst versehen. Aber sein Fall ist grauenhafter. Er war schon im Ertrinken und mußte noch die Fragen der Menschenhaie beantworten, die Gelegenheit hatten. Er lag im Blute und mußte den Polizeireportern und dem Vertreter des Illustrierten Wiener Extrablatts Auskunft – eben, über den Hergang der Tat, über seine Eindrücke. Der Bericht ist authentisch, sie haben ihn aus erster Hand, sie rühmen sich dessen. Es geht über die Fassungskraft. Ein Kind erzählt dem Interviewer, wie es aus dem Fenster sprang. Hanneles Fiebervisionen mitstenographiert. »Sie sagte: Spring' Du mit!« »Ich fragte: Warum denn, Mutter?« »Ich stürzte mich mit dem Rufe: Mutter! ebenfalls aus dem Fenster.« Die Presse ringt mit dem Tode, um früher als er am Sterbebett eines blutenden Kindes zur Information zu kommen. Vor diesem Schauspiel verstummt aller Haß und alle Verachtung der Presse. Nichts läßt es übrig als Trauer: ich vermisse diese Menschen in der Totenliste der Titanic.

Ich

muß es mit tiefem Bedauern eingestehen: Was mich gegen mich
einnimmt, ist die Fähigkeit, in der papiernen Schande nicht zu ersti-
cken, die über die Schöpfung gebreitet ist: so daß es mir gelingt sie
bloßzulegen. In diesem Inferno des Tages alle eure Sünden, jede
einzeln, abzubüßen, weil die Kraft größer ist als die Qual. Aber
diese Qualität ist ein Wortspiel, und so werde auch ich erlöst.

Worte, nichts als Worte

... Die Wortzahl der in diesen drei Tagen vom Ischler Postamt
verarbeiteten Telegramme betrug 119 800 Worte.

Das Ausschnittbureau

irrt sich oft. In Frankfurt gibt es bekanntlich ein Tratschblatt, das
sich Fackel nennt. Darunter habe ich viel zu leiden. Dagegen konnte
das Ausschnittbureau mit Recht glauben, daß eine Kritik mich an-
gehe, an deren Spitze es heißt:

Karl Krauß: Lebensbilder aus der Verbrecherwelt.

Ein sonderbares Selbstmordmotiv

»Ihr Ideal war nämlich, Schauspielerin zu werden, und zwar
strebte sie gleich darnach, an das Burgtheater zu kommen.
Da ihr Wunsch unerfüllbar schien, hatte für sie das Leben
keinen Reiz und sie beschloß, in den Tod zu gehen.«

Daß der Wunsch unerfüllbar war, muß ihr ein Laie eingeredet
haben. Der Fall ist unglaublich. Wie die Dinge heute liegen, mußte
die Meldung lauten: Ihr Ideal war, Schauspielerin zu werden. Da sie
aber ans Burgtheater engagiert wurde, hatte das Leben für sie keinen Reiz mehr und sie beschloß in den Tod zu gehen.

Du mußt es dreimal sagen

[Dreimaliges Blühen eines Apfelbaumes.] In dem großen
Garten des »Hotel Marienhof« in Pfaffstätten an der Südbahn
befindet sich ein Apfelbaum, welcher heuer schon das drit-
temal in Blüte steht. Von der ersten Blüte sind jetzt noch reife
Äpfel zu sehen; von der zweiten sehr reichen Blüte viele
kleine Äpfel und jetzt blüht der Baum zum drittenmal.

Und es nützt ihm nichts und es nützt ihm nichts. Ringsherum finden ganz andere Ereignisse Beachtung. Solche Apfelbäume sollten lieber totgeschwiegen. Ich wünsche so etwas in der Neuen Freien Presse nicht mehr zu lesen: auch wenn sie nur die Wunder eines Hoteliers preisen wollte und nicht Gottes Komfort. Aber sie tue es nicht. Nichts von Blüte in solchem Mund! Nichts von Blüte, wo nur Blätter sind! Dem Baum nützt es nicht, und wenn er viermal sagte, was man nicht hören will, und ihr glaubt man's nicht. Es ist, als ob ein Menschenfresser Tränen hätte, weil eine Schiffbrüchige in gesegneten Umständen ans Land kommt. Nein, toller: es ist, als ob die Neue Freie Presse gerührt wäre, weil ein Apfelbaum blüht!

Erklärung

Absichtlichkeit und Zudringlichkeit von Mißverständnissen, die sich um das Eindringen der Fackel in Berliner literarische Interessen gebildet haben, legen mir die Pflicht auf, das Folgende zu erklären: Das Eindringen der Fackel in Berliner literarische Interessen ist mir peinlich. Jeder Anhänger, den ich in Berlin verliere, ein Gewinn. Ich habe nie von irgend jemand Förderung, Verbreitung, Eintreten, Wohlwollen oder Begeisterung erwartet, verlangt oder auch nur – wie nachgewiesen werden kann – stillschweigend geduldet. Wer in Kneipen oder Kneipzeitungen das Gegenteil behauptet, ist ein Schmierfink, auch wenn er nicht zufällig die »fünf Frankfurter« verfaßt hat. Ich habe mit Berliner literaturpolitischen Bestrebungen, mit Futuristen, Neopathetikern, Neoklassizisten und sonstigen Inhabern von Titeln ebensowenig zu schaffen wie mit Wiener Kommerzial- und Sangräten. Ich hasse das Publikum; und ich zähle die Schmarotzer an seinen Mißverständnissen zum Publikum. Ich stehe *nicht* auf dem Standpunkt, daß jeder Gymnasiast, dem die in unserer Zeit vorhandenen Süchte und Dränge und sonstigen ekelhaften Plurale zu einem »Niveau« verholfen haben, mehr taugt als Mörike und Eichendorff. Ich bin *nicht* der Meinung, daß die Meinung in der Kunst genügt, glaube, daß das bloße Rechthaben gegen den Journalismus mit ihm identisch ist, und sage, daß jeder, der ernsthaft behauptet, daß Rudolph Lothar ein Übel sei, sich einer Verdoppelung des Rudolph Lothar schuldig macht. Ich sage, daß Polemik vor jeder anderen Art von schriftlicher Äußerung durch Humor legitimiert sein muß, damit nicht die Null zum Übel werde, sondern das Übel nullifiziert sei. Polemik ist eine unbefugte Handlung, die ausnahmsweise durch Persönlichkeit zum Gebot wird. Lyrik ohne Berechtigung greift nur den Täter an; der schlechte Angriff auch alle Unbeteiligten. Ich halte Polemik, die nicht Kunst ist, für eine Angelegenheit des schlechten gesellschaftlichen Tons, die dem schlechten Objekt Sympathien wirbt. Ich halte das Manifest der Futuristen für den Protest einer rabiaten Geistesarmut, die tief unter dem Philister steht, der die Kunst mit dem Verstand beschmutzt. Ich halte das Manifest der futuristischen Frau, der ich jede perfekte Köchin vorziehe, für eine Handlung, der ein paar lustlose Rutenhiebe zu gönnen wären. Ich halte Else Lasker-Schüler für eine große Dichterin. Ich halte alles, was um sie herum neugetönt wird, für eine Frechheit. Ich achte und beklage einen Fanatismus, der nicht sieht, daß unter den Opfern, die er der Kunst bringt, diese selbst ist. Ich verfluche eine Zeit, die den Künstler nicht hört; aber sie zwingt ihn nicht, ihr das zuzuschreien, was er ihr nicht zu sagen hat. Ich weiß, daß die schonungsloseste Wahrheit über diesen Punkt noch immer so viel Ehre übrig läßt, daß das Gesindel ringsherum keinen Anlaß zur Freude haben kann. Überhaupt möchte ich jedem einzelnen in dieser Hunnenhorde, aus der kein Attila ersteht, jedem einzelnen dieser Literaturhamster, die kein Fell geben, den Rat erteilen, nichts von meiner Mißbilligung polemischer Minderwertigkeit oder lyrischen Dilettantismus auf den andern zu beziehen, sondern alles auf alle. Auch möchte ich bitten, den Verkehr mit mir in jeder Form abzubrechen und im Pendel zwischen Verehrung und Büberei es definitiv bei dieser zu belassen, aber so, daß kein Aufsehen entsteht. Man soll mir keine Drucksorten und keine Briefe schicken. Ich weiß Bescheid. Es wäre mir peinlich, wenn ich genötigt wäre, Berlins kulturelle Mission als einer straßenreinen Stadt gegen den Schönheitsdreck zu verteidigen und nachzuweisen, daß der übelste Abhub der Wiener Geistigkeit sich jetzt dort vor den Betrieb stellt. Ich bin für Asphalt und gegen Gallert. Ich bin für Berlin: nämlich für die Chauffeure und gegen die Neutöner, für das Reviersystem und gegen die Weltanschauung, für die Kellner und gegen die Gäste.

Conrad von Hötzendorf

– wie Traceratata klingt das, haben uns die Feuilletonisten oft und oft erzählt, wenn sie so um das Lagerfeuer saßen und von gewonnenen Schlachten träumten. Das mag alles sehr berechtigt sein, denn kein Name ist unverdient. Nur muß man sich ihn verdienen. Einer, der etwa Kotschitschka von Lilienfeld hieße, hätte es schwerer, aber der erste Sieg gäbe dem Namen Pathos. Hinwieder kann oft eine Trompete zu früh losgehen. Mit Recht hat der sogenannte Conrad von Hötzendorf einem Interviewer gesagt, daß man einen Feldherrn eigentlich erst nach seinen Taten beurteilen könne. Nur hatte er nicht Recht, es einem Interviewer zu sagen. Er ist wahrscheinlich der bedeutendste Feldherr aller Zeiten und niemand würde ihm persönlich einen Vorwurf aus dem Frieden machen, der ihn verhindert, es zu beweisen, wenn er nicht gerade vor dem Vertreter des Neuen Wiener Tagblatts bescheiden wäre. Sonst kennt man ja von ihm wirklich nicht viel mehr als dieses Interview. Richtig: noch eine Zuschrift an die Neue Freie Presse. Zwar nur achtungsvoll, aber doch eigenhändig. Und kann man sich denn sonst gar kein Bild von ihm machen? Oh doch, im »Interessanten Blatt«, in der »Woche«, in den »Wiener Bildern« ist es bereits zu sehen. Nun, werden die Beschützer eines großen Feldherrn sagen, berühmte Männer kommen da eben hinein, ob sie wollen oder nicht. Denn wenn es auch ein Recht am eigenen Bilde gibt, so können berühmte Männer doch nicht verhindern, daß sie zwischen Wer weiß etwas?, einer Probiermamsell, Herrn Treumann und dem deutschen Kaiser auf der Sauhatz ihren Platz finden. Freilich könnte man antworten, es komme darauf an, wie sich die berühmten Männer photographieren lassen und ob sie schon bei der Aufnahme gewußt haben, für welchen Zweck sie bestimmt sei. Wenn Wilhelm II: dem Tier den Genickfang gibt, so steht ein Photograph auf dem Anstand und jener – sagen wir – kann nichts dafür. ist unschuldig wie der Hirsch. Es war ein Moment. Dichter lassen sich – mit Ausnahme des Herrn von Hofmannsthal, der ein Buch liest – nicht bei der Arbeit photographieren. Wie nimmt man Generalstabschefs auf? Ich schlage vor: Brustbild, ganz ungezwungen, ein freundliches Gesicht, auch wenn es draußen wettert. Aber um Gotteswillen nicht so. – »Der österreichisch-ungarische Generalstabschef Conrad von Hötzendorf beim

Studium der Balkankarte«! Das ist doch beinahe Verrat militärischer Geheimnisse! Auch nicht so:»Der Chef des Generalstabs G. d. L Conrad von Hötzendorf studiert mit seinem Flügeladjudanten Major Rudolf Kundmann die Balkankarte.« Ja, wie macht man das? Nun, der Chef des Generalstabs sitzt auf einem Tisch, neben ihm steht der Major und beide starren auf die Balkankarte. So sieht das also aus, wovon der Ruhm kommt? Wer hat den Photographen ins Zimmer gelassen? Warum haben sich die Herren nicht im Studium der Balkankarte unterbrochen, als der Photograph kam? Ist es denn möglich, daß sie, als der Photograph kam und etwas Apartes machen wollte, das Studium der Balkankarte erst begonnen haben? Nun, trotzdem kann ja noch immer eine Schlacht unter Conrad von Hötzendorf mit einem glänzenden Sieg enden, kein Zweifel. Aber die Feinde hätten doch noch mehr Angst, sie lebten jedenfalls mehr in der Ungewißheit, wenn sie nicht Gelegenheit hätten, den österreichisch-ungarischen Generalstabschef Conrad von Hötzendorf beim Studium der Balkankarte zu sehen. Man soll das nicht so herzeigen, man soll nicht. Hat man einen Kopf, so genügt Brustbild. Hat man keinen, so nützt die Balkankarte auch nichts, im Gegenteil. Und darunter steht. –»Zum Wechsel in der Leitung des österreichisch-ungarischen Generalstabes«. Ja, wie war das also früher? Hat der frühere Generalstabschef nie die Balkankarte studiert? Oder anders? Wird's jetzt ernst? Gewiß, die Herren Schemua und Auffenberg haben sich durch ihren Verkehr mit Humoristen, Fakiren und Journalisten nicht vertrauenswürdig gemacht; es ist nicht gut, wenn von hohen Militärs zu viele Leute behaupten können, daß sie sie persönlich kennen. Von Conrad von Hötzendorf hatte man nur den Schall, kein Gerücht. Es war nicht angenehm, daß sein Name öfter von dienstuntauglichen Leuten mit einer Trompete verglichen wurde. Aber sei's drum, und wenn die Trompete statt der Kanone losging, er konnte noch immer der tüchtigste Feldherr sein. Er ist es wahrscheinlich. Aber vom bulgarischen Generalstabschef haben uns die Plauderer erzählt, wie er bei der Nachtlampe arbeite. Sie haben es nicht gesehn, sie haben es gehört. Kein Photograph wurde ins Zimmer gelassen, und trotzdem gab es bulgarische Siege. In Österreich wurde es ernst. Da wurde Conrad von Hötzendorf Generalstabschef. Da studierte er die Balkankarte. Da siegte am Hofe die Friedenspartei und da trat der Hofphotograph Scolik ein.»Eine kleine Spezialaufnahme wenn ich bitten darf –!«»Für die Weltgeschichte?« »Nein, für das interessante Blatt.« »Aha, zur Erinnerung an die Epoche!« »Ja, für die Woche.« »Ich bin aber grad beim Studium der Balkankarte –« »Das trifft sich gut –« »Wirds lang dauern?« »Nur einen historischen Moment wenn ich bitten darf –« »Soll ich also das Studium der Balkankarte fortsetzen?« »Gewiß Exzellenz, setzen ganz ungezwungen das Studium der Balkankarte fort – so – ganz leger – nein, das wär' unnatürlich – der Herr Major wenn ich bitten darf etwas weiter zurück – nein, nur ganz ungeniert – kühn, bitte mehr kühn – es soll eine bleibende Erinnerung an die ernsten Zeiten sein – so ists gut, nur noch – bisserl bitte – so – machen Exzellenz ein feindliches Gesicht! – jetzt – Ich danke.«

Wenn Herr Harden glaubt

daß ich seine Frage »Was wünscht sich Michel unter die Weihtanne?« nicht über setzen kann, so irrt er. Michel wünscht sich unter die Weihtanne, daß Herr Harden einmal, einmal nur die Courage habe, »Deutschland« und »Weihnachten« zu schreiben. Das wäre eine Überraschung! So aber gibts alleweil nur Ärgernis. In Deutschland und soweit der Dreibund reicht. Uns nennt Herr Harden wohl die Austriaken. Gut, schlucken wir's hinunter. Aber die Italiener – wie glaubt man, traktiert er die Italiener? Schlechtweg als Italiäner, Italier, Italer, Italersprossen, Italiens Einwohner, Italioten? Nein. Nennt er sie verächtlich Welsche? Nein. Welschlandbewohner, Welschländer? Nein. Ich habs: Rinderlandbewohner, Rinderländer? Nein (aber auf eine gute Idee hat er mich gebracht, sagt jetzt Herr Harden). Wie also? Wie nennt er sie? Wie? Nicht erschrecken, gefaßt sein – wir haben ja alles Mögliche schon erlebt, es trifft uns nicht unvorbereitet – Brüder, Mut – er nennt sie: *Stiefelinsassen!*

Fern sei es von mir, den »Professor Bernhardi« zu lesen

denn läse ich ihn, ich fühlte mich hingerissen, ihn zu zitieren, und zitierte ich ihn, man läse ihn richtig. Denn ihr alle wisset doch schon, daß die Dinge, die ihr anderorts mit Wohlgefallen betrachtet, hier plötzlich ein anderes Gesicht annehmen, indem sie das werden, was sie sind. Denn mir ist ein Engel erschienen, der mir sagte: Gehe hin und zitiere sie. So ging ich hin und zitierte sie. Und kann Existenzen dem Hungertode preisgeben, bloß dadurch, daß ich sie hier noch einmal und wörtlich das sagen lasse, wodurch sie Reichtümer erwerben. Und wahrlich ich sage euch, ich besitze eine Skizze von Salus, welche in der Sonntags-›Zeit‹ erschienen ist. Und wenn ich sie abdrucke, wird sich Europas Sorgenantlitz glätten und es wird wieder sein wie vor dem Kriege. Ich aber tue es nicht, weil ich ein anständiger Mensch bin. Diese geheime Kraft, die mich befähigt, die deutsch-österreichischen Autoren vor Gott und Menschen mißliebig zu machen, übe ich mit Bedacht. Schnitzlers Zeit ist noch nicht vollendet. In zehn Jahren wird man wissen. Und aber in zehn Jahren wird man nicht mehr wissen. Fern sei es von mir, seine besten Sätze abzudrucken. Denn er ist allen sympathisch und alle würden von mir sagen, ich sei ungerecht gegen ihn. Was ich aber schon heute verraten kann, ist, was ich nur vom Hörensagen weiß. Es soll ein ernstes Stück sein, ein soziales Stück, und Priester und Arzt reichen sich die Hand über dem Abgrund. Das habe ich gehört und mache mir Gedanken. Ich weiß, daß es nicht das Lustspiel ist, das sie von ihm erwartet haben. Denn jegliche Saison, wenn das Fest der Laubhütten kam, gingen die zehn Ältesten hinaus zu ihm und sahen nach, ob er ihnen schon das Lustspiel geschenkt hatte. Aber immer kehrten sie um und sagten: Noch nicht, aber fast. Er sei berufen, seinem Volk dereinst im Volkstheater das Lustspiel zu geben. Aber er gab es nicht, und die zehn Ältesten kehrten um und sagten: Noch nicht, aber fast. Und sie sahen, daß er sich mit unreinen Dingen abgab, mit der sogenannten Erotik. Das verdroß sie im Herzen und sie fragten: Siehe, warum gibt dieser hier, wenn er schon nicht das Lustspiel gibt, nicht wenigstens das ernste Schauspiel, das seriöse mit den sozialen Problemen, wo man hineinführen kann die Tochter? Und er gab nicht das Lustspiel, aber er gab das ernste Schauspiel, das seriöse mit den sozialen Problemen und sie wollten hineinführen die Tochter, aber die Zensur erlaubte es nicht. Dieses war Professor Bernhardi. Und sie sagten: Seine erotischen Probleme haben bei aller Feinheit der Psychologie nicht immer Wohlgefallen ausgelöst, jetzt aber, wo er ernst ist und gediegen, wird er verboten? Sitzt Glossy nicht im Beirat und gibt er nicht preis die Kunst dem Rotstift des Schergen, der päpstlicher ist als der Papst? Soll es nicht erlaubt sein einen Spiegel vorzuhalten, so lasset verschwinden Nathan und den Pfarrer von Kirchfeld und die Perlen von unseren Bühnen. Wieso erblickt man im Hauptproblem den Stein des Anstoßes, wo es doch einen Kardinalpunkt der kirchlichen Lehre bildet? Die Kirche scheut doch selbst nicht die »öffentliche Darbietung des Konflikts zwischen Dies- und Jenseits«, warum erlaubt man ihn nicht als Premiere im Volkstheater? Ist es gerecht, wenn man auf der Bühne nur erlaubt die Probleme des Ehebruchs,»als ob unser Liebes- und Eheleben aus lauter solchen Späßen bestünde«? Der so fragte, war ein hervorragender Rechtslehrer und er nannte sich so und verschwieg seinen Namen. Denn die Stimme des Herrn gebot ihm, zu schreiben gegen die geheime Fehme, wenn auch anonym, und den Satz zu schreiben von den »Gönnern, die zwar ihre schönen Namen gerne in den Dienst einer humanen Sache stellen, die aber in dem Augenblicke sich verkriechen, wo sie Männer sein sollen«. Dieser hier aber verkroch sich in dem Augenblick, wo er seinen schönen Namen in den Dienst der humanen Sache stellen sollte, und tat es anonym, was den Zweifel ausschloß, daß es ein Universitätsprofessor sei. Ich aber sage euch, es gibt deren viele. Und keiner von ihnen ist, der nicht bereit wäre, für die Überzeugung einzutreten, daß Gott die Welt unmöglich in sechs Tagen erschaffen haben kann. Und keiner von ihnen ist, der nicht bei der Vorstellung des »Professor Bernhardi« erschüttert wäre, aber unbewegt bei der Vorstellung, daß vor dem Premierenpublikum des Deutschen Volkstheaters vom Sakrament gesprochen wird. Und keiner von ihnen ist, der nicht bereit wäre, anonym die Behörde anzugreifen, weil sie die Frage, ob der Priester im Sterbezimmer zu erscheinen habe, kurzerhand durch die Verfügung erledigt hat, daß er nicht vor dem Auswurf der Menschheit zu erscheinen habe. Ich sage euch, es gibt einen Typus, der verderblicher ist als Hunger, Pest und Meer. Er nennt sich einen hervorragenden Rechtslehrer oder eine besondere Seite, er kann ein Historiker sein oder ein Nervenspezialist oder er muß auch nichts von Frauenleiden verstehen. Er ist in jedem Falle ein Freidenker und hat einen warmen Vollbart. Ist man sensibel, so kann man gegen den Typus nichts unternehmen, weil man als Kindheitseindruck irgendeine schäbige Maxime aus solchem Mund durchs Leben trägt und sich noch in reiferem Alter von einem Bart, der sich einst über ein Gitterbett beugte, gekitzelt fühlt. Ist man brutal, so sieht man in solchen Attrappen den Feind, bereit, sie überall anzuspringen, wo sie sich vor Kunst und Leben stellen. Diese Akkoucheure jeglicher Banalität stehen noch immer mit ihren Umgangsformen dem Geist im Weg. Viel mag von dieser Vollbärtigkeit im Professor Bernhardi, im Helden, im Werk und im Dichter stecken, nur daß hier als ornamentaler Hintergrund noch ein weites

Land dazugehören mag. Der Gedanke aber, der in die starrste Konsequenz kirchlicher Formen verläuft, kommt von noch weiterem her. Das Sterbesakrament beginnt noch nicht einmal dort, wo das Sterbefeuilleton aufhört. Anonyme, aber hervorragende Rechtslehrer sehen in diesen Dingen eine Gelegenheit, sich in die Mannesbrust zu werfen, mit dem Voll- und Ganzbart zu protestieren, und sie loben einen Causeur erst dort, wo er sich endlich auch thematisch in ihren Horizont begeben hat und zum Leitartikel emporwächst. Denn Gott ist ihnen etwas, was sich überlebt hat, die Weltanschauung des Vereins katholisch Geschiedener ist ihnen etwas, was einen Dichter begehrenswert macht, und das Geschlechtsleben, um das sie so sicher Bescheid wissen wie um die Religion, ist etwas, was man nach der Arbeit betreibt, aber kein eines ernsten Menschen (der im Leben steht) würdiges Studium. Schnitzlers erotische Probleme haben nicht ihr Wohlgefallen ausgelöst. Aber was denn auf der Welt sollte Wohlgefallen auslösen, wenn nicht Schnitzlers erotische Probleme? Beunruhigt haben sie noch keinen hervorragenden Rechtslehrer, selbst wenn sein Eheleben aus lauter solchen Späßen wie Ehebruch bestünde. Es ist alles beim Alten geblieben, kein Mißverständnis zwischen den Geschlechtern wurde beseitigt und um Schnitzlers willen werden noch in hundert Jahren die Freidenker ruhig schlafen können und die Freidenkerinnen unruhig schlafen müssen, und die Welt wird nicht mit Schnitzlerischen Gedankenkeimen zur Welt kommen, und wenn es geschähe, würde es ihrer Verdauung auch nichts schaden. Gegen das Liebesleben der Leute hat er nichts unternommen. Darum war es höchste Zeit, daß er auch etwas für ihre Gesinnung getan hat. Um sie erotisch zu unterhalten, muß man mindestens ein Mikosch sein. Ein Gedanke würde ihnen die Nacht verderben. Psychologie verpatzt ihnen nur den Abend. Schnitzler hat sich rehabilitiert, als wäre er früher Strindberg gewesen. Der Professor Bernhardi ist »eines der besten seit lange geschriebenen Dramen«. Zu wissen, wer so urteilt, und zu wissen, was darin vorkommt, möge dem Wissenden genügen. Ich stehe ganz auf dem Standpunkt des humanen Arztes und bin dagegen, daß man dort, wo die Kunst stirbt, es ihr auch noch sage. Und als Priester würde ich ihr nicht einmal Trost spenden und keine Absolution gewähren. Wie die Schnitzlersche Patientin hinter der Szene ist sie verloren, »aber glaubt sich genesen«. Überlassen wir alles Weitere den Freidenkern und bleiben wir im Vorraum.

Die Polizei und die Zeitungen selber

«... Der Oberstadthauptmann erwiderte, es müsse als ausgeschlossen betrachtet werden, daß die Polizei über Ort und Zeit des Zweikampfes Kenntnis gehabt hätte. Denn wäre dies der Fall gewesen, so hätte sie auf jeden Fall das Duell verhindert. Daß die Polizei von dem Duell keine vorherige Kenntnis haben *konnte, beweist* auch der Umstand, daß *die Zeitungen selber* über den Zeitpunkt des Zweikampfes nicht im klaren waren ...«

Wiener Faschingsleben 1913

Unter dieser Devise, an leitender Stelle eines Wiener Abendblattes, dessen erste Seite die heitere Seite des Lebens vorstellt, während der Ernst der Politik mehr hinten kommt, habe ich, der am Schreibtisch verbrachten Nächte überdrüssig, gefunden, was ich gesucht habe. Ich stürz mich in den Strudel, Strudel hinein:

Ein kurzer Fasching, wie der heurige hat seinen eigenen Reiz. Man hat nicht Zeit, tanzmüde und blasiert zu werden, Vergleiche anzustellen und lange zu wählen. Im flottesten Dreivierteltakt eilt man von Genuß zu Genuß, man läßt mehr das Herz sprechen, das rascher entscheidet als die kühl berechnende Vernunft. Man amüsiert sich rasch und denkt nicht an morgen, denn es gilt, den kurzen Karnevalstraum rasch zu genießen, ehe der Aschermittwoch-Morgen dämmert und an den Ernst des Lebens mahnt. So kommt ein flotteres Tempo in diese ohnehin raschlebige Zeit, in der Nächte zu frohen Stunden werden und Wochen zu einem kurzen Taumel der Lust. – – Man merkt dem Wiener Nachtleben schon die Kürze des Faschings an. Alles hat die Tendenz, sich gleichsam von vornherein für den späteren Ausfall zu entschädigen, rasch noch eine frohe Stunde und noch eine dem Leben abzuringen. – – Die Wiener Hausgeister, die Gemütlichkeit und der Frohsinn, schwingen siegreich ihr Zepter, und nur, wenn hie und da noch eine Musikkapelle ein patriotisches Lied intoniert, denkt man der ernsten Tage, in welchen wir leben. Aber das ist nur ein Augenblick, dann läßt man wieder froh die Gläser klingen:»Ein Prosit der Gemütlichkeit!«Wer's nicht glaubt, der sehe einmal mit eigenen Augen nach, der begleite uns auf einer kleinen Rundfahrt durch das fidele Wien bei Nacht von heute oder er wähle selbst und empfinde die Qual der Wahl unter diesen gleich empfehlenswerten Adressen, die unter dem Titel »Wiener Faschingsleben« im Inseratenteil unseres heutigen Blattes zusammengefaßt sind. ... Wer vom Sophiensaal oder aus der Stadt auf den Ring kommt, wird *nicht widerstehen können*, Dobners musterhaft vornehm geleitetem Café Stadtpark einen Besuch abzustatten. Wer seinen Weg über den Franzensring nimmt und insbesondere, wer vom Burgtheater kommt, wird *nicht versäumen*, in's Künstlercafe einen Abstecher zu machen. Besucher der Hofoper können am einladenden Café Fenstergucker (Scheidl) *nicht vorbeikommen, ohne* hier eine Erfrischung zu nehmen. Wer den Alsergrund zu durchqueren hat, dem seien das eben renovierte gemütliche Café Maria Theresia und das gegenüber der Volksoper gelegene renommierte Café Hofstötter bestens als Ruhe- und Erfrischungsstationen empfohlen. Freunde eines guten Tropfens und kreuzfideler Stimmung werden die Residenz-Weinstube in der Annagasse zu finden wissen sowie Gourmands in Mariahilf und in der Stadt sicherlich in das Restaurant Leber (Deierl) gehen werden. Aus dem Lustspieltheater, Zirkus Busch-Varieté, Carl-Theater, Intimen Theater geht man *selbstverständlich* in das Admiral-Café (Rosner) im Lloydhof (Praterstraße). Besucher des Strauß-Theaters *finden von selbst* das renommierte bürgerliche Restaurant »zum roten Rößl« in der Favoritenstraße. Reich genug ist die Auswahl *fürwahr*, und wer es versucht, diese Rundfahrt zu machen, wird überall auf seine Rechnung kommen. Denn es ist ein kurzer aber eben darum doppelt lustiger Fasching, der von 1913!

Ich bin dabei, ich mache mit, ich will mehr das Herz sprechen lassen. Rasch den kurzen Karnevaltraum genossen und hinein zum Dobner. Ich wollte widerstehen, aber es ging nicht. Ich kann nur sagen, es war toll. Vornehm geleitet, aber toll. Nun war ich nicht mehr zu halten. Man denke: durch fünfzehn Jahre ausgehungert! Nun eilte ich im flottesten Dreivierteltakt von Genuß zu Genuß. Was sage ich, eilte: ich taumelte. Die kühl berechnende Vernunft sagte mir: Geh nach Hause, Alterchen. Ich aber ließ mehr das Herz sprechen und versäumte deshalb nicht, ins Künstlercafe einen Abstecher zu machen. Dort waren lauter Künstler. Ein augustisches Zeitalter schien angebrochen. Schon aber dämmerte auch der Aschermittwoch-Morgen und mahnte an den Ernst des Lebens. Ja, Schnecken! Eheu fugaces, Postume, Postume! Drahma um! Wer wird an morgen denken? Ich zog weiter. Nur die Qual der Wahl trübte mir das bacchantische Glück, weshalb ich einen Wachmann fragte, wo hier die Wiener Hausgeister siegreich ihr Zepter schwingen. Er sagte: Gleich rechts um die Ecke, dann links, im Café Hofstötter. Nachdem ich den Alsergrund durchquert hatte, was an und für sich schon eine Hetz ist, wußte ich in kreuzfideler Stimmung die Residenz-Weinstube zu finden. Hierauf wollte ich am Café Scheidl vorbeikommen, ohne eine Erfrischung zu nehmen. Das war aber leichter gedacht als ausgeführt. Ich konnte einfach nicht vorbei, ich mußte hinein. Dort ging es drunter und drüber, das fröhliche Treiben erreichte seinen Höhepunkt, und auch ich nahm eine Melange und hierauf eine Erfrischung. Gourmands in Mariahilf, sagte ich mir, gehn jetzt natürlich zum Deierl. Ich sage nichts als: Evoe! Mein Gang war beschwingt, als ich wieder auf die Straße kam, und nun wollte ich in das renommierte bürgerliche Restaurant zum roten Rößl. Ich fragte einen Wachmann, wo es sei, der aber antwortete: Das finden S' von selbst! Tatsächlich fand ich es von selbst. Ich verbrachte dort eine tolle Stunde. Ein Passant, der später des Weges kam, fragte mich, ob ich noch ins Admiralcafe gehe. Selbstverständlich, sagte ich und ging ins Admiralcafe (Rosner). Es war das im Lloydhof (Praterstraße) und hier war des Jubels kein Ende. Alle Besucher aus dem Lustspieltheater, Zirkus Busch-Varieté, Carltheater und Intimen Theater hatten sich eingefunden. Die Leute standen Kopf an Kopf und nur mit Mühe konnte ich mir ein Plätzchen erobern. Was hier geboten wurde, überstieg alles. Man hatte nicht Zeit, blasiert zu werden. Ich beschloß, hier zu bleiben, in der Hoffnung, daß nunmehr auch ein flotteres Tempo in diese ohnehin raschlebige Zeit kommen werde, um Nächte zu Stunden und Wochen zu einem kurzen Taumel der Lust zu wandeln. Als ich wieder auf die Straße trat, traf ich einen Wachmann, fragte ihn, wo man hier noch eine frohe Stunde und noch eine dem Leben abringen könne. Denn der Fasching sei kurz. Und man wolle sich eben für den späteren Ausfall entschädigen. Der Wachmann sah mich an und sagte:»Waren S' schon im Admiralcafe?«Ich sagte:»Selbstverständlich«. »Gehn's zum Dobner!« »War ich schon.« »Gehn's zum Deierl!« »War ich auch schon.« »Gehn's zum roten Rößl, dös finden S' von selbst!« »War ich schon.« »Laßn S' das Herz sprechen und gehn's zum Scheidl!« »Kenn ich auch schon.« Ja, was wollen's denn nacher haben? Wenn einer eh schon alls mitg'macht hat und is noch nicht zufrieden –! Mirkwirdik san die Menschen!« Ich torkelte nach Hause. Am nächsten Tag stand ich mit einem fürchterlichen Katzenjammer auf. Ein Freund suchte mich zu überreden, mit ihm ins Cafe Stadtpark zu gehen. Ich widerstand. Er sagte, ich sei blasiert.

Philippe Derblay ... Hr. Reimers

(Ein Zwischenfall im Burgtheater.) Im Burgtheater hat sich
heute während der Vorstellung ein eigenartiger Zwischenfall
abgespielt. Es wurde der »Hüttenbesitzer« gegeben, und der
zweite Akt war dem Schlusse nahe, als einer der anwesenden
Detektivs beobachtete, daß sich ein Herr in der Parterreloge
Nr. 7 fast vollständig entkleidet hatte. Der Detektiv rief andere Beamte, den Gebäudeinspektor und schließlich den
diensthabenden Theaterarzt herbei, die nun den seltsamen
Logengast in unauffälliger und rücksichtsvollster Weise aus
der Loge in das Inspektionszimmer brachten. Der entkleidete
Herr leistete keinerlei Widerstand. Er machte den Eindruck
eines Geistesgestörten ... Er war in Touristenkostüm, mit
Wadenstrümpfen und Bergschuhen, gekleidet und hatte zuerst einen Parterresitz gehabt. Knapp vor Beginn der Vorstellung tauschte er den Sitz gegen eine ganze Parterreloge um.
... Als er nun im zweiten Akt sich langsam zu entkleiden begann, bemerkten dies in dem übrigens ziemlich schlecht be-
suchten Hause nur sehr wenig Personen. Erst seine Wegführung erregte einiges Aufsehen. ...

Der Mann muß gar nicht geistesgestört sein. Nach einem Bericht
gab er, um den Grund seines Vorgehens befragt, die Antwort: »Es
war ja so leer.« Die Abwesenheit von Menschen ist sonst nicht gerade ein zwingender Grund, sich auszukleiden. Der Anblick des
Burgtheaterzuschauerraumes wirkt aber offenbar als unwiderstehli-
cher Zwang. Es geht einem ähnlich wie in einer der Grotten von
Sorrent oder Capri: es wird ja doch niemand kommen, und man
badet. Als eine Ovation für die Schauspieler kann eine Entkleidung
nicht gut gedeutet werden, nur als die Benützung einer sich darbie-
tenden Gelegenheit. Ob der Mann eine Freikarte gehabt hat, war
nicht zu ermitteln. Die Wegführung dieses Zuschauers erregte natürlich einiges Aufsehen außerhalb des Theaters, weil ja doch die
Straße beim Burgtheater von ein paar Leuten besucht wird. Man
stelle sich nur den Rummel vor: die Türen werden aufgerissen,
draußen ertönt das Gebrüll: Aus iiis ... ! und es strömt ein Zuschau-
er heraus, und *der* ist nackt.

Ganz recht haben sie, daß sie ein bißl ausspannen

Sehr dankenswert ist die Neuerung, die Schriftsteller zu fragen, wohin sie im Sommer gehen. Das ist mindestens so interessant, wie zu wissen, wo die Herren Reimers und Zeska sein werden.

Alexander Engel: Nach neunjähriger Anhänglichkeit für Strobl am Wolfgangsee wähle ich diesmal eine ganz andere Gegend: Marienlyst.

Dr. Egon Friedell: Ich mache zuerst eine kleine Vortragstournee und gehe sodann nach Talkirchen bei München zur Erholung.

Dr. Hans Müller: Einstweilen stecke ich noch so sehr in allerlei Arbeit, daß ich kein festes Programm für den Sommer mache. Ich möchte eine kleine Seereise ins Mittelmeer unternehmen, vielleicht auch nach Norden. Was dann – das wird sich später finden.

Siegfried Trebitsch: Vom 10. Juli bis zum 1. August werde ich zur Kur in Vulpera Tarasp sein, mehr weiß ich heute noch selber nicht, denn *was sind Pläne, was sind Entwürfe,* es kommt doch immer alles anders.

Fritz Telmann: Starnbergersee.

Karl Ettlinger (Karlchen): Meinen Urlaub verbringe ich dieses Jahr wieder in Wörishofen bei den »Wasseraposteln«, spaziere barfuß im Gras, *strampele Wasser,* lasse mich in der Hängematte *von der Sonne bescheinen* und schlage jeden tot, der das Wort »Literatur« ausspricht.

Felix Salten: Ich verbringe den heurigen Sommer in Unterach am Attersee.

Dr. Franz Servacs: Wo ich meinen Sommerurlaub verbringe? Das werde ich nicht verraten, denn ich lege den höchsten Wert darauf, »unauffindbar« zu sein.

Bei mir ist es natürlich wieder interessant, wohin ich nicht gehe. Ich gehe also nicht nach: Marienlyst, Talkirchen, ins Mittelmeer, nach Vulpera Tarasp, an den Starnberger See, nach Wörishofen und bestimmt nicht nach Unterach. Von der Sonne, die den Humoristen Ettlinger (Karlchen) bescheint, lasse ich mich keineswegs bescheinen. Und ob ich überhaupt irgendwohin gehe, hängt noch davon ab, daß ich erfahre, wohin der Servaes geht.

Der Schutzmann

Der Wiener Hofoperndirektor Gregor aus Berlin hat einem Berliner Interviewer aus Wien gesagt, daß er bis 1921 bleiben werde. Aber nicht genug daran:

> Ich bin sogar fest überzeugt davon, daß ich noch länger bleibe. Unter meinen Vorgängern hat sich Jahn am längsten gehalten – so etwa fünfzehn oder sechzehn Jahre. I c h gedenke diesen Rekord zu schlagen.

Rekordsucht pflegt Titanic-Katastrophen herbeizuführen. Aber wenn sich die Wiener Hofbehörde solche Zuversicht gefallen läßt, dann ist diese gewiß berechtigt. Herr Gregor findet, daß die Wiener Oper das erste Institut der Welt sei. Und warum?

> Ein Orchestermitglied kann zwei Jahre, ein Solosänger sechs Monate krank sein, ohne sich der Gefahr einer Kündigung auszusetzen.

Außerdem versichert Herr Gregor, daß er »nicht rechts und nicht links sehe«. Das ist gewiß vorsichtig von einem Theaterdirektor, weil er sonst leicht bemerken könnte, daß rechts und links kein Publikum sitzt. Herr Gregor versichert auch, daß er – nicht ohne last not least – in kein Kaffeehaus gehe. Das ist sein gutes Recht und es ist sehr anständig, daß er hinzusetzt »ohne den Wienern den Besuch des Kaffeehauses zu verleiden oder ihn den Wienern abgewöhnen zu wollen«. Von verleiden kann keine Rede sein, da Herr Gregor eben in kein Kaffeehaus kommt, und abgewöhnen könnte er es den Wienern doch auch nur vielleicht dann, wenn er ins Kaffeehaus ginge. So aber könnte es ihm keineswegs gelingen. Es ist eine eingewurzelte Wiener Sitte, die Leute, die in den Wiener Kaffeehäusern sitzen, sind wohl zumeist recht unangenehm, aber die Kellner verstehen immerhin etwas vom Theater und es ist gerade kein Gewinn, daß Herr Gregor ihren Verkehr meidet. Herr Gregor betont nachdrücklich, daß er »auf Ordnung halten« wolle. Das ist bekannt. Mit den Wienern, soweit sie sich das Kaffeehausleben nicht abgewöhnen lassen oder die Passion haben, auf der Straße herumzutorkeln, wird er keine besonderen Resultate erzielen. Aber er hat es sich ja auch nicht zur Aufgabe gemacht, das Chaos vor der Oper zu regeln, sondern er will, daß gerade jene Leute in Wien, von denen man eher Stimme als Ordnung verlangt, links, bitte links gehen. Er erklärt, daß Kopfweh kein Grund zur Absage sei. Es ist ja gewiß richtig, daß ein Sänger nur den Kehlkopf für seine Arbeit braucht, aber immerhin ist der Vergleich, zu dem sich Herr Gregor gereizt fühlt, hart genug:

> Sie sind Journalist. Haben Sie noch nie Ihren schweren, verantwortungsvollen Beruf mit Kopfschmerzen, mit körperlichem Unbehagen erfüllt?

Gewiß geht es bei der Zeitung auch mit Kopfschmerzen, aber wenn der Journalist auch keine hat, das körperliche Unbehagen hat doch der Leser, besonders wenn er ein Interview mit Herrn Gregor liest. Der Hörer ist anspruchsvoller. Sonst findet Gregor noch die geographische Lage von Wien ungünstig, will aber dafür nicht verantwortlich sein. Hier Ordnung zu schaffen ist er nicht imstande. Es ist aber zu befürchten, daß er bis 1921 und darüber hinaus auch nicht imstande sein wird, Tenoristen und Balleteusen an Mannszucht zu gewöhnen. Es ist eben ein verzweifelter Ehrgeiz, die Ordnung in jenem einzigen Winkel des Wiener Lebens herstellen zu wollen, wo man sie nicht vermißt. Die Sänger und Tänzer hierzulande sind nicht laxer als die von Berlin. Herr Gregor vergeudet seine Kraft. Man braucht ihn vor der Oper. Er wird, selbst wenn ihm der angesagte Rekord gelingt, nichts erreichen. Dagegen erfordert es das Prinzip der Nibelungentreue, daß man endlich einen Wiener Schutzmann nach Berlin sendet. Auf die dortigen Opernverhältnisse würde er nicht Einfluß nehmen, aber binnen einer Woche muß es ihm gelingen, die Unordnung unter den Linden herzustellen.

Ein Vorurteil

Das Neue Wiener Tagblatt meldet:

> Bei der vorgestrigen Wohltätigkeitsvorstellung auf der Residenzbühne bot Fräulein Käte Pasque, die als Lotte in Massenets »Werther« auftrat, durch treffliche Darstellung eine sehr gute Leistung. Die junge Künstlerin fiel durch ihre angenehmen Stimmittel auf.

Die Meldung ist richtig, nur daß es statt »vorgestrigen« »übermorgigen« heißen soll. Denn damals glaubte man noch, die Wohltätigkeitsvorstellung werde stattfinden. Aber sie wurde inhibiert, sie fand nicht statt, es wurde kein »Werter« gegeben, niemand bot eine Leistung und niemand fiel durch Stimmittel auf. Das macht aber nichts, wenn nur die Hauptsache richtig ist.

Erstens und zweitens

Amtlich wurde mitgeteilt:

»In der Nacht vom Samstag den 24. auf Sonntag den 25. d. hat der gewesene Oberst Redl durch Selbstmord geendet. Redl hat diese Tat vollführt, als man im Begriff war, ihn folgender schweren und außer Zweifel gestellten Verfehlungen zu überweisen:

1. Homosexueller Verkehr, der ihn in finanzielle Schwierigkeiten brachte.
2. Verkauf reservater dienstlicher Behelfe an Agenten einer fremden Macht.«

Wenn 1. schwerer wiegt als 2., dann ist nichts zu retten. Wenn aber 1. nur vorangeht, weil 2. folgen muß, dann verhindere man 2., indem man 1. straflos macht. Daß die von 1. Erpressung ist, rührt den Staat nicht. Wenn aber die Folge von Erpressung 2. ist und wenn man den Anschein erweckt, als wolle man Landesverrat mit unwiderstehlichem Zwang entschuldigen, dann bleibt zur Verhinderung des Landesverrats nichts übrig als die Homosexualität freizugeben. Falls man nicht etwa glaubt, daß ein homosexueller Offizier, der in Erpresserhänden ist, Selbstmord vor dem Landesverrat begehen müßte – was aber schon gar normwidrig wäre.

Heiteres aus ernster Zeit

»Er hat mit seinen Kameraden gegessen und getrunken, Salz und Brot mit ihnen geteilt ...«

Das wäre das Geringste!

»Das unselige Geschlecht der *Ephialtes* stirbt nicht aus, *Herostratische* und gewinnsüchtige Motive fördern immer wieder das *Kainsdenkmal* der Verräterrasse zutage.«

Ein schönes Krätzel ist da beisammen. Aber der Theaterplauderer, dem der Fall Redl zugewiesen wurde, hat jedenfalls das Kainsmal mit dem Kainzdenkmal, das ja auch bös genug ist, verwechselt.

>Oberst Redl lebte als junger Offizier behufs Erlernung der russischen Sprache längere Zeit im Kaukasus, wo er *naturgemäß* mit russischen Offizieren verkehrte.«

>Bestätigt sich dies, dann zeige es wohl die ganze Skrupellosigkeit dieses gefährlichen Spions, der neben seinen positiven Verbrechen auch ein Reihe *schwerer Verfehlungen durch Passivität, durch laxes Verhalten auf dem Gewissen hat.*«

Dieser Auffassung widerspricht am nächsten Tag Herr Salten:

>Der Arzt, der den tödlichen Keim empfängt, ist ein willenloses, ein ahnungsloses Opfer und ein wehrloses dazu. Der Oberst Redl jedoch war nicht willenlos, nicht ahnungslos, und er war kein Opfer. Ihm ist nichts geschehen, was er in unschuldiger Passivität hätte erleiden müssen. Er hat Handlungen begangen, zu denen sehr viel *aktive* Entschlossenheit gehört. Gegen Ansteckung hätte er sich wehren können. ... Er ist auch gar nicht von außen her infiziert worden.«

Sexualdemokratisches:

« ... Man sieht daran, die *Homosexualität*, die Erpressungen und die dadurch entstandene Zwangslage zum Staatsverrat sind *dumme Ausflüchte*, die kein Mensch glauben kann, selbst wenn sie Redl vor seinem Tode gebraucht hat, um seine Missetat zu beschönigen. *Es ist gewiß, daß Redl auch gleichgeschlechtlichen Verkehr suchte;* aber das war seine kostspielige Leidenschaft. – Die Blätter, die sich so stellten, *als glaubten sie* an die Homosexualität und daran, daß auch dieser unglücklichen Veranlagung das ganze Unglück entsprungen sei, *strafen sich aber selbst Lügen*, indem sie erzählen, daß Redl Beziehungen *zu Frauen* gehabt habe ... »

Vorher wurde nicht einmal die Spionage bemerkt, aber nachher:

>Wenn man die Wohnung betritt, bietet sich dem Beschauer sofort ein Moment, das *auf die Charaktereigentümlichkeiten* Redls ein *grelles Licht* wirft.

Die ganze Wohnung ist *Rot in Rot* gehalten, wohin man kommt, *grelles Rot*. ... Aber die Wohnungseinrichtung Redls gibt auch sonst Gelegenheit, seinen *Charakter* kennen zu lernen. Die vielen Kästen, die in der Wohnung standen, waren *direkt vollgestopft* mit Uniformen und der reichsten Zivilgarderobe, alles in feinster Qualität hergestellt, gestickte Servietten und Tischtücher wurden in großen Quantitäten vorgefunden. Daß Redl für diese seine Vorliebe große Summen auslegte oder schuldig blieb, beweist auch der Umstand, daß beim Bezirksgericht auf der Kleinseite die Klage einer Wäschefirma auf Zahlung eines Restbetrages *von 278 K* überreicht worden ist. ... *Noch in der letzten Zeit* hat sich Redl, wie bekannt geworden ist, bei einem in einem Prager Vorort wohnenden Regimentsarzt, der sich auch mit der Zahnpflege beschäftigt, acht *goldene* Brücken machen lassen ...«

An anderer Stelle soll gar gemeldet worden sein, daß er nicht weniger als zwei Dutzend Taschentücher besessen habe. Und alles entdeckt man erst jetzt!

»Was Redl verraten hat, bleibt ein *Geheimnis*.«

In Ehrerbietung

hat Frank Wedekind der Wiener Presse gedankt. Das macht nichts, ihm schadt's nicht und ihr nutzt's nicht. Sollte aber doch etwas Ehre haften geblieben sein, weil semper aliquid haeret – so bin ich ja doch auch da, und ich werd's schon wieder wegbringen.

Allgemeine Erwartung

... mit dieser ironischen Perspektive schließt die Komödie, in der sich trotz mancher Geschmacksentgleisung eine feine Lustspielbegabung verheißungsvoll offenbart. Sternheim geht auf die Wurzeln des Lustspiels zurück, die in früheren Jahrhunderten ruhen... . Die Komödie enthält in allen ihren Windungen sehr viel Geist; hätte sie außerdem Herz, was sie leider nicht hat, so wäre sie ein reizendes Lustspiel. Aber auch so wie sie ist, liegt sie auf dem Wege zum guten Lustspiel, das Sternheim vielleicht noch eines Tages schreiben wird.

Und Schnitzler, der uns bekanntlich vielleicht noch einmal das Lustspiel schenkt und von dem man es erwartet, ist gar nichts? Und Auernheimer, der es von ihm erwartet, und von dem man es auch erwartet, erwartet es von Sternheim? Von wem erwartet es Sternheim? Nun, es ist jedenfalls viel enttäuschungsloser und sicherer, wenn die Herren, anstatt uns das Lustspiel zu schenken, es erwarten.

Das Gfrett mit den Dienstboten

Die »Gesellschaft zur Förderung des nationalen Friedens in Österreich« will sich

unter anderen der folgenden Mittel bedienen:

Die Geselligkeit

Das Reisen

Die Kunst ... im *Dienste* der nationalen Annäherung

... Dies sind einige von den vielen Mitteln, die uns zunächst und in erster Linie geeignet erscheinen, die nationalen Gegensätze zu mildern und ausgleichen zu helfen.

Last, not least die Kunst ... Ich habe einen Freund, der sich ein Magenleiden zuzog, als er die Affiche las: »Die Kunst im Dienste des Kaufmanns«. Er dürfte sich nicht erholen, wenn er erfährt, daß die Kunst jetzt im Dienste der nationalen Annäherung steht und nicht etwa den Hausknecht abgeben soll, der die streitenden Herren Huber und Hawelka hinauswirft, sondern die Gouvernante, die sie versöhnt. Auch eine Viechsarbeit. Die Kunst ist unter allen Umständen der Dienstbote des Bürgers. Wenn die Herrschaft Geselligkeit pflegt oder auf Reisen geht, dann hat der Dienstbot noch immer nicht Ruh, sondern da geht's erst an: Melpomene, schaun S' auf den nationalen Frieden, Thalia, führen S' den Sprachenstreit äußerln. Die Polyhymnia singt den ganzen Tag in der Kuchel. Die Klio hat einen Soldaten, den sie leider dem Friedjung, einem alten Freund der Familie, vorzieht, und der Sohn des Hauses schleicht zur Terpsichore. Kurzum, was man sich mit den Schickses aussteht – nicht wissen sollen sie's, wie nötig man sie hat!

Was so das bessere Publikum spricht, wenn der sogenannte Fackelkraus vorbeigeht

[Mutwillige Alarmierung der Feuerwehr.] Erst am Montag wurde vom Bezirksgerichte Landstraße ein Bursche, der in unverantwortlicher Weise die städtische Feuerwehr alarmiert und ihr telephonisch einen fiktiven Brand gemeldet hatte, zu 24 Stunden Arrests verurteilt. Seine »Lorbeeren« ließen einen anderen »Helden« nicht schlafen, und er machte sich gestern

abend den traurigen Spaß, unsere ohnehin so geplagte Feuerwehr, die namentlich vorgestern fast die ganze Nacht hindurch gearbeitet hatte, zu alarmieren. Vom Hause Markgraf Rüdigergasse 27 aus hat der Spaßvogel die Feuerwehr in Kenntnis daß im Hause Kaiserstraße Nr. 2, im Zentralpalast, ein Brand ausgebrochen sei. Der Meldung entsprechend rückte die Feuerwehr mit einem starken Aufgebot aus, um sich zu überzeugen, daß ein Lump den traurigen Mut aufgebracht hat, die Feuerwehr zu düpieren. Die Auffahrt der Löschkorps erregte großes Aufsehen. Die Nachforschungen nach dem Täter werden eifrig betrieben.

»Wissen Sie schon, wer –?« »Ob ich weiß!« »Sie wissen?« »Selbstredend weiß ich.« »Wieso wissen Sie?« »Weil man das weiß, weil er immer ernste Männer in der Erfüllung schwerer Berufspflicht stört. Erst die Presse, dann die Börse, jetzt die Feuerwehr. Kann da ein Zweifel sein? Also!« »Er hat bekanntlich zur Presse kommen wollen, hinausgeschmissen haben sie ihn.« »Dann hat er auf die Börse kommen wollen, das hätt ihm so gepaßt.« »Wahrscheinlich hat er zur Feuerwehr kommen wollen.« »Alles aus Rache.« »Nachdem er sieht, daß alles nichts nützt, wird er Ruh geben.« »Man kann sagen, was man will, eine Feder hat er –!« »Lassen Sie mich aus, Harden greift den deutschen Kaiser an, *er* kümmert sich um jeden Mist, uns greift er an!« »Kann er uns schaden? Den kauf ich mir für einen Fünfer! Eigentlich komisch, daß das noch keiner versucht hat?« »Warum? Ich wer' Ihnen sagen, weil ers nicht nötig hat leider. Er verdient hübsch und wird sich heißt es bald zur Ruh setzen.« »Gott sei Dank. Haben Sie das Bild in der Muskete gesehn? Glänzend! Der hats ihm gegeben!« »Dorten geht er –« »Pscht, er hört!« »Soll er! Auch wer!« »A bese Goschen!« »Ich kenn doch seinen Schwager!« (Ab.)

Von den Schwätzern

... Es ist nämlich ein *Gesetz* in Kraft getreten, das dem Klatsch ein Ende machen soll. Seltsamerweise hat es zunächst nicht etwa eine Angehörige des zarten Geschlechts, sondern einen *Mann* ereilt ... der sich in einem Wirtshausgespräch mit einer jungen Dame seiner Bekanntschaft beschäftigt hatte. Er wird in der juristischen Terminologie des » *eitlen unnützen Schwat- zens und Klatsches*« beschuldigt ...

Aber zum Glück in Wisconsin, nicht bei uns in Wien! Der Verhaf- tete ist ein gewisser Peter Kesoki in Niagara und nicht etwa der Herr, der noch immer vom Donaukarpfenklub der Obergigerl ist. Die ›Frankfurter Zeitung‹ nennt es »eine wahre Hiobspost für Kaf- feekränzchen und verwandte Veranstaltungen«. Aber die reine Geistigkeit und Zweckunterhaltung der Kaffeekränzchen sollte man doch nicht mehr in Verruf bringen in einer Zeit, wo die ganze Welt ein Wiener Café ist. Gar so seltsam ist es nicht, daß sogar am Niaga- ra kein Weib, sondern ein Mann des unnützen Schwätzens überwie- sen wurde. Die Weiber reden über das Wahlrecht und das hört sich, wenns auch auf dasselbe hinausläuft, beiweitem ernsthafter an als die Gespräche über den Koitus, die die Männer führen. Aber in Wisconsin kann man die Männer, die schwätzen, vielleicht noch genau so zählen wie die Männer, die stehlen. In Österreich fängt man die Diebe nicht, sonst wäre Raummangel in den Gefängnissen. Wo aber sollte man mit den Schwätzern hin? Man hat sie zur Not in den Kaffeehäusern untergebracht. Ich habe seit Jahr und Tag aus der Wiener Außenwelt nichts anderes vernommen, als daß der Mann, der eben sprach, die Frau, die eben vorbeigegangen war, schon gehabt hat, demnächst haben werde, haben könnte, wenn er wollte, daß er aber nicht will, weil sie schon ein anderer Stammgast gehabt hat, dem er aber dafür eine andere wegnehmen wolle, die es nicht länger erwarten könne und schon auf ihn spitze und die er nur anzurufen brauche und nur, weil das Telephon immer besetzt sei, noch nicht gehabt habe. Das erzählen die am Stammtisch nicht nur einander, sondern so laut, daß es die am Nebentisch hören, die auch ihrerseits aus ihrem Herzen keine Mördergrube, wohl aber ein Bordell machen. Es ist die einzige Wissenschaft, deren der Mensch von heute fähig ist, und ein Gesetz, das den Klatsch verbietet, schützt nicht nur das Rechtsgut der Ehre, sondern das Lebensgut der reinen Luft. Nicht die Beleidigung werde gestraft, sondern das Wissen und Sagen. Daneben gibt es aber auch Leute, die sich weit und breit, mit einer Stimme, die jedes Geheimnis zersägt, dadurch vernehmlich machen, daß sie auch das, was sie nicht wissen, nicht bei sich behalten können. Dieses Geheimnis, das letzte, das der keusche Mensch hat, sollte er bewahren, aber er tut es nicht. Nein, er tut es nicht; denn er weiß alles. So einer zieht sein Erlebnis aus den vielen Menschen, die er nicht gelesen, und aus den vielen Büchern, mit denen er nicht gesprochen hat. Er wurde aus Bibliotheksstaub geschaffen und Gott unterließ es, ihm den Odem einzublasen. Lebt aber ein Mensch in seiner Nähe, der Schöpferkraft hat, so zerfällt jener und wird wieder zum Staube. Aber selbst so einer findet in der Stadt, die von Gerüchten satt wird, noch Lauscher, denn erzählt er nicht von Jakob Böhme, so erzählt er doch von seinem Schuster, der die einzig echten Siebenmeilenstiefel erzeuge, mit denen man zugleich dem Papst und dem Dalai-Lama einen Besuch abstatten, der Eröffnung von Bayreuth und dem Tod Nietzsches beiwohnen könne und von der Wüste Gobi in einer schwachen Stunde beim Hayek in Mödling sei. Und wenn er diese Betrachtung liest, so wird er unfehlbar sagen, zu seiner Zeit, als er sich noch in Wisconsin aufhielt, sei das Schwätzen noch erlaubt gewesen, den Peter Kesoki, oh, den habe er sehr gut gekannt, er sei mit ihm durch den Niagara geschwommen, er sei aber besser geschwommen als der Peter Kesoki, weil er so vorsichtig gewesen sei, seine dreihundert Bibliotheksgurten umzuhängen, es sei kein Wunder, daß der Kraus jetzt den Peter Kesoki angreife, denn dieser habe einmal gesagt, daß der Kraus eitel sei, und infolge dieser ungünstigen Auskunft ist der Kraus nicht in die Neue Freie gekommen.

Aus dem dunkelsten Österreich

»Hotelier Sukfüll führte aus, ... der Gast *bestehe vor allem darauf,* dem Personal, das ihn bedient, nach seinem Belieben Trinkgeld zu geben. Auch die Angestellten seien mit dem System der Prozente nicht zufrieden. Der Gast, der in Österreich ein Hotel aufsuche, sei gewohnt, *individuell* bedient zu werden. In vielen Betrieben Österreichs *suchen die Gäste die Kellner* durch ein Trinkgeld *im vorhinein für sich zu gewinnen.* Der Landesverband für Fremdenverkehr möge die Frage ruhig den Hoteliers überlassen.«

Wie wahr, wie wahr! Wenn der Österreicher von der Mutterbrust wegkommt und ins Leben hinaustritt, setzt er seinen eigenen Kopf auf. Er läßt sich seine Freiheit nicht nehmen. Er besteht darauf, dem Personal Trinkgeld zu geben. Wenn ihm wer in den Arm fallen will, wird er schiech. Auch will er kein Herdentier nicht sein, sondern im Hotel sofort als Individualität, die er ist, durchschaut, anerkannt und darnach behandelt werden bitte. Um vom Kellner richtig bedient zu werden, bedient er zuerst den Kellner. Er lebt, um Kellner für sich zu gewinnen. Er hat überhaupt keinen andern Daseinszweck, wenn es ihm zufällig versagt ist, selber ein Kellner zu werden. Er ist es von Natur, aber er verfehlt zuweilen seinen Beruf und wird Gast. Das erste, was er tut, wenn er ins Hotel kommt, ist: er sucht den Kellner zu beeinflussen. Hat er ihn auf seine Seite gebracht, ist es ihm gelungen, ihn durch ein Trinkgeld zur Annahme eines Trinkgeldes zu bewegen, das er dann aber auch nach Belieben verabreichen will, und hat er es sohin erreicht, als Individualität gewürdigt zu werden – so hat er ein Recht, an den Kellner, der ihm die Speisekarte hinhält, die Frage zu richten: »Was können Sie mir empfehlen?« Sagt der Kellner: »Was auf der Karte steht«, so wird der Gast lebensüberdrüssig, denn er erkennt, daß der Kellner ihn für einen von den vielen hält, für einen, der bloß essen will und weiter nix. Essen, ohne zu hören, was es Neues gibt. Manchmal kommt es dann vor, daß der Gast den Kellner barsch zur Anerkennung seiner Individualität zwingt, indem er ihn anschreit: »Was stehn S' denn da und empfehlen S' nicht?« Empfiehlt der Kellner und hat der Gast eine Dame neben sich, so hat die Empfehlung zu lauten: »Laßt sich die Dame ein schönes Schnitzerl machen oder ein

Ramsteckerl oder vielleicht ein Ganserl die Dame!« Der Beisatz »die Dame« ist nichts weiter als eine Zuspeis' der individuellen Behandlung, die sich auch auf die Dame erstreckt. Die Empfehlung hat vor der toten Karte entschieden das eine voraus, daß dischkuriert wird und zwar sowohl vorher wie nachher. Denn was auf der Karte steht, ist nicht mehr da und wird vor den Augen des Gastes einfach gestrichen, während nach der Empfehlung der Kellner in die Küche geht und erst viel später und mit dem ausdrücklichen Bedauern, nicht mehr dienen zu können, zurückkommt. Hat ein Gast es solcher Art in Wien durchgesetzt, als Individualität anerkannt zu werden, so kann er unter Umständen sogar Hotelier werden. Der Hotelier ist der höchste Vorgesetzte des Gastes. Vom Hotelier gegrüßt zu werden, ist eine Annehmlichkeit, der zuliebe der Österreicher überhaupt ins Gasthaus geht. Vom Hotelier gekannt zu werden, ist eine Ehre, die nicht jedermann zuteil wird. Aber vom Hotelier angesprochen zu werden, ist die höchste Entschädigung, die einem für den Ärger über einen Schlangenfraß zuteil werden kann und dafür, daß man einen Kellner, der einen weder individuell noch anders bedienen will, durch kein Trinkgeld für sich gewinnen kann. Wer von uns, die wir einen Namen haben und deshalb im Gasthaus nicht unbeachtet bleiben, hat es nicht schon erlebt: man sitzt da, verlassen und verkauft, verwünscht diese niederträchtige österreichische Romantik der Lebensmittel, sehnt sich zu den Hottentotten oder nach Berlin, also dorthin, wo der Wiener infolge Bequemlichkeit »Abfütterungsanstalten« vermutet, möchte mit Tellern werfen und mit Messern stechen, kann es aber nicht, weil man gerade im Stadium der Auflösung ist – da beugt sich ein käseweißer Mann über dich, ein Todesengel namens Zeppenzauer, und spricht, mählich lebhafter werdend, die Worte: »Das Wetter scheint sich nach der letzten mineralogischen Diagnose zu klären und dürfte auch wieder der Zuspruch ein regerer werden, waren gewiß verreist, schon recht, ja jeder hat heutzutage zu tun, man merkts überall im Gewerbestand, die Einflüsse von der letzten Entspannung, ein Doktor, auch von der Zeitung, was im Ministerium die rechte Hand is, hat selbst gesagt, mirkwirdig, hm, aber mir scheint, heute keinen rechten Appetit, grad heut, schade, das Vordere, alle Herren loben sichs, nun dafür das nächste Mal ein Protektionsportionderl von der Zeppezatierschnitte – Poldl abservieren, schlaft wieder der Mistbub, also djehre djehre – «

Das hätte ich nicht erfinden können

[Ein vierfacher Wagenzusammenstoß.] Durch die Unvorsichtigkeit eines Kutschers wurde gestern nachmittag auf dem Franz Josefskai der Zusammenstoß von vier Wagen verursacht. Gegen 3/4 6 Uhr abends stand ein Fiaker, den *der Kutscher Oskar Schner* lenkte, vor dem Café Residenz auf dem Franz Josefskai 31. Der bei der Internationalen Transportgesellschaft bedienstete *Kutscher Franz Ertel* kam mit seinem zweispännigen, mit Kisten beladenen Wagen vom Morzinplatz auf den Kai und wollte ordnungswidrig die Kurve schneiden. Er fuhr an den Fiaker derart heftig an, daß der Türschlag beschädigt wurde. Als nun die beiden Wagen aneinandergefahren waren, war die Straße verlegt, und *der Kutscher Georg Erschinger* wollte, als er von der Marienbrücke mit seinem zweispännigen Paketwagen der Poststation Simmering, Am Kanal Nr. 527, gegen den Morzinplatz fuhr, den beiden Wagen ausweichen. Er fuhr aber bei dem Versuch an einen entgegenkommenden Straßenbahnwagen der Linie »EK« an. Durch den Zusammenstoß wurde Erschinger vom Bocke geschleudert. Er blieb zum Glücke unverletzt. An dem Motorwagen wurde die Vorderwand eingedrückt. Ertel ist an dem doppelten Unfalle schuldtragend. Die Strafamtshandlung ist eingeleitet.

Das hätte ich nicht erfinden können. Es ist ein Stück Wiener Natur, gesehen durch das Temperament eines Weltblattes. Es ist die endgiltige Plastik des hiesigen Daseins, das vor seiner Unabänderlichkeit zum dasigen Hiersein zwingt. Nicht, daß sie zusammenstoßen müssen, wenn hier vier Wagen fahren, und nicht, daß was hier geschieht, auch in seiner Unmittelbarkeit gesehen wird, sondern die Identität des Geschehens und Sehens schafft das Bild dieser Welt. Es ist so: auf der Straße des Wiener Lebens hat jeweils nur eine Individualität Platz: der Kutscher Oskar Schner oder der Kutscher Franz Ertel oder der Kutscher Franz Erschinger oder der Straßenbahnwagen, der auch eine Individualität ist, denn wenn man auch nicht weiß, wie der Motorführer heißt, so heißt jener doch »EK«. Nur eine Individualität hat Raum, Will sich ausleben, gesehen werden. Nun geschieht es aber, daß der Kutscher Oskar Schner um 3/4 6 Uhr abends auf dem Franz-Josefs-Kai steht. Aber wo? Bei Nr. 31. Was befindet sich dort? Das Café Residenz, das unter der bewährten Leitung steht. Wir würden uns gern dabei aufhalten, aber es handelt sich jetzt nicht um den Cafetier, sondern um den Kutscher. Er steht da. Vor dem Café Residenz, welches sich auf dem Franz-Josefs-Kai 31 befindet. Das ist klargestellt. Da kommt nun der Kutscher Franz Ertel, der bei der Internationalen Transportgesellschaft bedienstet ist – für Details ist keine Zeit – mit seinem zweispännigen, mit Kisten beladenen Wagen. Von wo? Vom Morzinplatz. Wohin? Auf den Kai. Und fährt den Fiaker, eines der gediegensten Zeugeln, heftig an, so daß. Nachdem nun einmal der Türschlag beschädigt ist, bleibt die Straße verlegt. Der Ausblick war schon durch die riesenhafte Erscheinung des Kutschers Oskar Schner gesperrt, jetzt ist es auch der Verkehr, der sich bis dahin doch mühsam durchquetschen konnte. Wenn man nur wüßte, wie der Wachmann heißt, der nicht da ist! Dafür ist plötzlich der Kutscher Georg Erschinger da. Sehen wir uns einstweilen den Kutscher Georg Erschinger an, von wannen er kam und wohin er fahren wollte. Er kam von der Marienbrücke mit seinem zweispännigen Paketwagen der Poststation Simmering, Am Kanal Nr. 527, und fuhr gegen den Morzinplatz. Ja, was will denn der da? Das ist ja ein dritter! Wir möchten uns vor Zerstreuung bewahren, aber er ist nun einmal hier und zieht uns in seinen Bannkreis. Er wollte ausweichen, wollte sich unserer Beachtung entziehen, aber wenn eine Individualität ausweichen will, stößt sie bei dem Versuch unfehlbar an einen entgegenkommenden Straßenbahnwagen der Linie »EK« an. Das verwirrt vollends. Das hat uns noch gefehlt! Durch den Zusammenstoß wurde Erschinger vom Bocke geschleudert. Das ist bedauerlich, er blieb aber gewiß in der Luft hängen, wie auf einem Bild von Schönpflug, von dem ja dieser ganze Zusammenstoß und dieses ganze Wiener Leben überhaupt ist. Er blieb zum Glücke unverletzt. Zum Glücke: da klingt das goldene Wiener Herz! Aber es kann ja auch nicht anders sein; was vom Schönpflug kommt, fällt nicht auf die Erde. Was geht, steht; was steht, fällt. Das sind Gefahren. Aber – zum Glücke – was fällt, hängt; was hängt, steht; was steht, bleibt; was bleibt, ist ein Dreck. Also eine Individualität. Drei waren zuviel. Man soll das Schicksal nicht versuchen. Es kann einmal schief gehen. Seien wir froh, wenn nur das geschieht, was ich nicht hätte erfinden können.

Falsch verbunden

»Eine interessante Statistik über die Verteilung der Telephonanschlüsse in der ganzen Welt wird von der Zeitschrift
La Lumiere electrique veröffentlicht. ... Unter den europäi-
schen Ländern steht an erster Stelle Dänemark mit 107 153
Apparaten bei 2 589 000 Einwohnern: es besitzt demnach jeder 24. Däne einen Telephonanschluß. Den zweiten und drit-
ten Platz nehmen Schweden und Norwegen ein. Es kommt
dann die Schweiz mit einem Telephonanschluß auf 41 Personen. Weiter folgt Deutschland mit 1 154 518 Telephonan-
schlüssen, so daß auf 56 Personen ein Apparat kommt. Hinter Deutschland kommen England, Luxemburg, Island und
Holland. Den zehnten Platz erst behauptet Frankreich, wo
man nur 260 998 Telephonanschlüsse zählt, so daß auf je 150
Franzosen ein Apparat kommt. An den letzten Stellen stehen
Bulgarien, Griechenland und Bosnien, wo je 1500 – 2000
Einwohner nur über einen einzigen telephonischen Apparat
verfügen können... .«

Es wird ja nicht schöner in der Welt sein, wenn auf jeden Menschen ein Apparat kommen wird. Aber da es der Weg ist, muß er
gegangen werden. Österreich dürfte in der Statistik garnicht vorkommen. Mit Recht, weil es hier überhaupt keine Telephonanschlüsse gibt. Das österreichische Telephon spielt nur in der älteren
satirischen Literatur eine Rolle; selbst die Witze, die man darüber
machen kann, sind veraltet. Nichts liegt mir ferner als Polemik. Ich
lebe still und harmlos, hin und wieder ruft mich die brasilianische
Gesandtschaft an, weil sie mit der portugiesischen sprechen will.
Ach, die einzigen Verbindungen, die ich noch mit der Außenwelt
habe, sind die falschen!

Wie ich einen Hotelportier dazu brachte, über die Unzulänglichkeit des menschlichen Wissens nachzudenken

»Hat der Zug der Tauernbahn, der hier in Salzburg nachts ankommt, Schlafwagen?« »Nein.« »Sie, Ich erinnere mich gelesen zu
haben, daß er Schlafwagen hat.« »Woher denn!« »Bitte sehen Sie
doch vorsichtshalber im Fahrplan nach.« »Herr, wenn ich sage, er
hat keinen Schlafwagen –« »So hat er vielleicht doch einen!« »Herr,

er hat keinen! Dazu bin ich da! Wenn unsereins *das* nicht wissen sollt!« – – –

»Sie Portier, denken Sie sich, gestern nacht ist jemand mit der Tauernbahn im Schlafwagen hier angekommen!« »Im Schlafwagen? Der Zug hat sein Lebtag kein' Schlafwagen!« »Woher wissen Sie das eigentlich?« »Weil i ihn selbst gseh'n hab.« »Wen? Den Schlafwagen?« »Na! Den Zug!« »Aber ich hab den Schlafwagen gesehn!« »Was S' net sagen! Is möglich?« »Ja!« »Mirkwirdig, sehn S', auf die Fahrplän'; is kein Verlaß!« »Es ist aber doch so.« »Das ist mir neu!« »Hat Schlafwagen!« »Nicht möglich!« »Doch doch, und Sie haben gestern fest und steif behauptet –« »Weil i's g'wußt hab'.« »Und was sagen Sie jetzt?« »I sag', daß auf die Fahrplän' kein Verlaß is.« »Auf die Fahrpläne? Sie haben doch selbst den Zug gesehn und keinen Schlafwagen bemerkt?« »Ja, bei der Nacht kann so etwas leicht passieren!« »Schlafwagen verkehren doch nur bei der Nacht?« »Aber grad da is finster, an Speisewagen erkenn i!« »Was steht im Fahrplan?« »Im Fahrplan steht nix.« »Woher wissen Sie das?« »Weil i's selbst net hab' glauben wollen und nachg'schaut hab'.« »Bei Tag?« »Bitte, hier ist der Fahrplan – dös wer' mer glei hab'n –!« »– Nun?« »Vielleicht überzeugt sich der Herr selbst?« »Gut, ich werd's Ihnen aufschlagen – Nun, was steht da?« »Nix steht da von an Schlafwagen, sehn S'?« »Ja natürlich seh ich, hier steht: Schlafwagen Triest-Stuttgart.« »Wo.« »Do!« »Wirkli wahr, i hab nur unten g'schaut, unten steht nix bei Salzburg.« »Aber oben steht es, sehn Sie?« »Unbegreiflich! Jetzt hab glaubt, im Fahrplan steht nix von an Schlafwagen, daweil stehts do! I sag's ja, auf die Fahrplän' is kein Verlaß! – « »Worüber denken Sie denn nach?« »Jetzt waß i selber net, hot er an Schlafwagen oder hot er kan?« »Er hot an!« »Ja, wenn S' glauben –«

(Kopfschüttelnd ab in die Loge.)

 tredition®

Über tredition

Eigenes Buch veröffentlichen

tredition wurde 2006 in Hamburg gegründet und hat seither mehre-re tausend Buchtitel veröffentlicht. Autoren veröffentlichen in we-nigen leichten Schritten gedruckte Bücher, e-Books und audio-Books. tredition hat das Ziel, die beste und fairste Veröffentli-chungsmöglichkeit für Autoren zu bieten.

tredition wurde mit der Erkenntnis gegründet, dass nur etwa jedes 200. bei Verlagen eingereichte Manuskript veröffentlicht wird. Da-bei hat jedes Buch seinen Markt, also seine Leser. tredition sorgt dafür, dass für jedes Buch die Leserschaft auch erreicht wird.

Im einzigartigen Literatur-Netzwerk von tredition bieten zahlreiche Literatur-Partner (das sind Lektoren, Übersetzer, Hörbuchsprecher und Illustratoren) ihre Dienstleistung an, um Manuskripte zu ver-bessern oder die Vielfalt zu erhöhen. Autoren vereinbaren direkt mit den Literatur-Partnern die Konditionen ihrer Zusammenarbeit und partizipieren gemeinsam am Erfolg des Buches.

Das gesamte Verlagsprogramm von tredition ist bei allen stationä-ren Buchhandlungen und Online-Buchhändlern wie z. B. Amazon erhältlich. e-Books stehen bei den führenden Online-Portalen (z. B. iBookstore von Apple oder Kindle von Amazon) zum Verkauf.

Einfach leicht ein Buch veröffentlichen: **www.tredition.de**

Eigene Buchreihe oder eigenen Verlag gründen

Seit 2009 bietet tredition sein Verlagskonzept auch als sogenanntes "White-Label" an. Das bedeutet, dass andere Unternehmen, Institutionen und Personen risikofrei und unkompliziert selbst zum Herausgeber von Büchern und Buchreihen unter eigener Marke werden können. tredition übernimmt dabei das komplette Herstellungs- und Distributionsrisiko.

Zahlreiche Zeitschriften-, Zeitungs- und Buchverlage, Universitäten, Forschungseinrichtungen u.v.m. nutzen diese Dienstleistung von tredition, um unter eigener Marke ohne Risiko Bücher zu verlegen.

Alle Informationen im Internet: **www.tredition.de/fuer-verlage**

tredition wurde mit mehreren Innovationspreisen ausgezeichnet, u. a. mit dem Webfuture Award und dem Innovationspreis der Buch Digitale.

tredition ist Mitglied im Börsenverein des Deutschen Buchhandels.

Dieses Werk elektronisch lesen

Dieses Werk ist Teil der Gutenberg-DE Edition DVD. Diese enthält das komplette Archiv des Projekt Gutenberg-DE. Die DVD ist im Internet erhältlich auf **http://gutenbergshop.abc.de**

MIX

Papier | Fördert
gute Waldnutzung

FSC® C083411

Zeitfracht Medien GmbH
Ferdinand-Jühlke-Straße 7
99095 Erfurt, Deutschland
produktsicherheit@kolibri360.de